高峰秀子

おいしい人間

JN152190

扶桑社文庫
0838

おいしい人間　目次

私の丹下左膳　9
パリのバラ、東京のバラ　21
『小僧の神様』　32
気になる本『浮雲』　37
夏のつぎには秋が来て　42
縫いぐるみのラドン　53
レースのショール　63
ふしぎの国のオギス　69
ヘチャプリ大王　75
ちょっと描いてみたくなっちゃった　82
マリー・アントワネット　87
薔薇　93
翡翠　97
甘茶でカップリ　105
人間たらし　114
「アンノー」という人　123
おいしい人間　139

タクシー・ドライバー　155
しあわせな位牌　164
お姑さん　172
おかげ人生　179
死んでたまるか　184
喫煙マナー　194
羽ふとん　199
カメラの中の私　204

自力回復――台湾薬膳旅行　215
梅原龍三郎と、キャビア　233
出口入口　245
眼から芽が出た　261
白日夢――北京宮廷料理　283

文庫版のためのあとがき　312
あとがき　斎藤明美　314

カバーイラスト／安野光雅©空想工房
装幀／水上英子

おいしい人間

私の丹下左膳

「大河内伝次郎」という時代劇の大スターを、まだ記憶している方もあるだろう、と思う。

私が大河内さんと共演した映画は五本で、最初は東宝映画の「新篇・丹下左膳」（昭和十四年）。私は左膳にほのかな想いをよせる、商人の愛娘《まなむすめ》を演じた。まだ十四歳のデコちゃんの頃である。

大河内さんは、同時代のカッコいい長谷川一夫や阪東妻三郎とは違って、とくべつ美男でもなく、小柄でズングリ、短足で、太い黒縁の近眼鏡。スクリーンで見る精悍《せいかん》さや迫力などケも感じられない「モッサリしたおじさん」などと言うのが私の初印象だった。モッサリおじさんなどと言うのは私くらいのもので、撮影所内での御大、大河内伝次郎の偉力は、演出家で言えば現在の黒澤明天皇クラス。映画人は大河内さんの一挙一動にピリピリしていて、大河内さんに行き会うと小腰をかがめて道をよける、というまでに気を使っていた。

が、当の大河内さんは、威張らず、驕《おご》らず、ごく自然体な人で、お昼休みなどに撮影所内をブラついているときは、半袖のチヂミのシャツにステテコ、腹巻き、素足に下駄ばき、というスタイルであった。その上、なぜか男物の鼠色のこうもり傘を差しているのが少しコッケイだった。このスタイルは、昔、夏の関西の下町などでよく見かけたものだけれど、白亜のスタジオに緑の芝生、噴水のきらめくモダンな東宝撮影所にはなんとなくピンとこなかった。

「デコちゃん、氷たべにゆきましょう」

と、大河内さんは撮影所の前のチンケな喫茶店に誘ってくれる。大河内さんの注文するのはいつも「カキ氷」で、シロップのかかったカキ氷の山をブリキのスプーンでカシャカシャと崩している姿だけは、文句なしにチヂミのシャツにぴったりと似合っていた。

大河内さんの朝の撮影所入りは早い。表門からまっすぐにオープンセットの外れにある的場へ行って、メークアップにかかる前に二、三十本の弓を引くのである。

「デコちゃん、弓を引きにゆきましょう」

早朝の的場には人影もない。白砂の敷かれた的場の正面に、黒白だんだらの的が二つ。壁面に五、六張《はり》の弓と矢が掛けられていて、的場の囲いは粗末なベニヤ板である。撮影に必要なときだけ、弓を射る役の俳優が練習に来る的場である。

大河内さんは、壁面から二組の弓と矢を外して一組を私に手渡すと、着流しの和服の片肌を脱いで、私と向かいあう。

「デコちゃん、手先や肘《ひじ》で弦《つる》を引いてはダメです。矢をつがえたら右手の肩を引き、一気に胸を開く。ハラに力をこめて、腰を落とす」

大河内さんの言葉は簡潔で無駄がなく、一言一言が血となり肉となる教えかたで気持ちがいい。優れた俳優は、ものの教えかたも要領を得て上手《うま》い。「自分が教えてもらう身」になって教えるからなのだろう、と私は思う。私の放つ矢はいつもだらしなく空を切るだけで一向に上達しなかったけれど、私は大河内さんから「ものの教えかたのコツ」のようなものを教えてもらった、と思っている。

「丹下左膳」の仕事とダブって、私は「武蔵坊弁慶」という映画で「牛若丸」を演じることになっていた。脚本には当然「京の五条の橋の上……」という小学唱歌そのもののシーンが出てくる。稚児髷《ちごまげ》に天上眉、歌舞伎調の美しい衣裳に朴歯《ほおば》の高下駄、太刀は細身の朱塗りの鞘《さや》、と、拵《こしら》えもすでに決まっていた。

私が「牛若丸」を演ずることを、大河内さんが知っていたのかどうか、それも分からないが、ある日、丹下左膳のセット撮影でライティング待ちをしていたと

き、

「デコちゃん、この刀は本身です。持ってごらんなさい」

と言いながら、左膳、ではない大河内さんが腰の脇差《わきざし》をスッと抜きとって私に手渡してくれた。生まれてはじめて持った本身の、あまりの重さに、私は両手に刀を捧げたままヘナヘナとしゃがみこんでしまった。

時代劇の俳優の使う刀は、ほとんどが竹光（竹製）である。が、大河内さんだけは本身を使うことで有名であった。優れた俳優のことだから、竹光を本身に見せるくらいの芸はたやすいことだったろうが、大河内さんは頑固に本身を使うことで、かりそめの時代劇に「精神」を吹きこみたかったのかもしれない。時代劇を、単なるチャンバラ映画にしたくない、と、大河内さんは口では言わなかったけれど、大河内伝次郎という人をじっと見ているだけで、それは分かることだった。

丹下左膳が完成すると、大河内さんは京都へ帰って行った。といっても、家族の住む家ではなく、小倉山にある山荘の道場にひきこもって座禅を組むのだそうである。山荘はもちろん女人禁制で、めったに人を近づけないことから、大河内さんは映画界の「奇人、変人」と噂されてもいた。

「もう、これっきり大河内さんとは会えないのかなァ」

と、思っていた矢先に、突然私は「大河内山荘訪問」を許されて、雑誌のカメラマンと小倉山へ行くことになった。

「デコちゃんは、まだ女性の中に入りませんから」

というのがその理由だったという。

数千坪もあるという敷地に建てられた白木の道場で、大河内さんは私を迎えてくれたが、その日は純白の綸子《りんず》の着物に白羽《しろは》二重《ぶたえ》の帯というスタイルで、さながら有髪のお坊さん、撮影所で見る丹下左膳も、氷をするチヂミのシャツのおじさんもそこにはいない。

「この人にはいったい、幾つの顔があるのだろう？」

道場の廊下にスックと立った、磨きあげたような清潔な素足が妙にまぶしかった。

広い道場のほかに茶室風な別棟があり、お供は例によって「正《しょう》やん」と呼ばれていた男衆がただ一人、他には人影もなかった。大河内さんが日活映画から東宝映画に移ってきたときから、大河内さんの居るところには必ず「正やん」が控えていた。

「正やん」。

年は四十歳の半ばだったろうか。常時、白いワイシャツに紺木綿のパッチ、法《はっ》被《ぴ》、という鳶《とび》職スタイルで、片足を少しひきずっていた。そして、ガッシリと肉厚の肩の上に乗った丸い顔に……眉毛はなく、片眼の瞼《まぶた》が半分ふさがり、つぶれたような鼻の下には「唇」という境？　のない口腔があいていた。あちこちがひっつれてテカテカに光っている顔は、笑うと顔中が左右に歪《ゆが》んで、支離滅裂な形相になった。口を一文字に結んだ正やんはめったに喋《しゃべ》らなかったけれど、眼の光の優しい正やんに私はなついた。話しかけると、優しい眼がいっそう和んで、斜めに歪んだ口からゆっくりと簡単な答えが帰ってくる。

　こんな亭主の女房はしあわせだろうな、こんな父ちゃんのいる子供たちは羨《うらや》ましいな、私には、正やんの家族の和やかさまでが目に見えるような気がした。

「お父ちゃん、お帰りやす、お疲れ」

「あいよ、今日は暑かったなァ」

「一風呂浴びたらどうえ？」

「そうやなァ、今夜はなんや」

「冷奴、枝豆もあるえ」

「枝豆やったら、ビール一本もらおか」

「ちゃーんと冷やしてありまっせ」

「おおきに、おおきに」

正やんとおかみさんの、そんな会話をあれこれと想像しながらも、私はちょっと嫉《や》けた。それにしても「この出来そこないのドビンのような顔は、いったいどうしたことなのか？……」。

さすがに正やんに向かっては聞きにくかったことを、大河内さんのお弟子さんの一人が話してくれた。

あるとき、日活撮影所のオープンセットで火事場のシーンがあった。火事場を撮影するにはあちこちに灯油を撒《ま》いて、本番直前にスタッフが手分けをして火をつけてゆく。スモークを焚《た》くタイミング、二重（ライトなどを吊る足場）から火のついた大道具などを落とすタイミング、火事場の本番は一回こっきりでＮＧは出せないから、綿密な打ち合わせと完璧な手筈《てはず》が必要で、スタッフの緊張はピークに達する。その映画の主役はもちろん大河内伝次郎さんで、やがては炎に包まれるセットの真ん中に立って、本番の「スタート」が掛かるのを待っていた。

監督の「用意！」という号令に、スタッフの持つ小さな松明《たいまつ》から素早く火が点じられた。が、どうした手違いか点火の順番が乱れて、大河内さんに最も近い大きな仕掛けから一気に燃え上がった炎はあッという間に広がった。

大河内さんは、どちらかというと無器用な人で、おまけにド近眼だから眼鏡を外したら最後、どうなるか分かったものではない。チャンバラの最中にセットの縁側を踏みはずしたり、石灯籠に衝突したり、は珍しいことではなかった。

思わぬ火勢に驚いて騒ぎだしたスタッフの中から、いきなり飛び出したのは「正やん」だった。正やんは炎のセットめがけてつっ走り、体当たりで大河内さんを突き飛ばした、と同時に焼け落ちた天井の下敷きになり、火だるまになった正やんは気を失って倒れた。ベニヤ板で出来たセットはたちまち燃え崩れ、助け出された正やんの背中は火傷《やけど》で縮んで両腕が背中に張りついていたという。病院にかつぎこまれる前に息を吹きかえした正やんは、背中に張りついた両の腕を、自力でベリベリとひっぺがして、再び気を失った。

九死に一生を得て退院した正やんを、大河内さんはすくい取るようにして自分の傍らに据えた。

　みにくい顔になった正やんは、大河内さんの影へ影へとまわったが、大河内さんはどこへ行くにも正やんだけは連れて歩いた。

　大河内さんは口数の少ない人だったが、正やんも無口で、撮影期間中にも、私は、二人がお喋りをしているところを一度も見たことがない。ロケ先で、ステージの中で、大河内さんは大きいキャンバスの椅子にゆったりと腰をおろして、次の出番を待っている。椅子のうしろには必ず法被姿の正やんが立っている。お互いが、お互いの立場の節度から外れることなく「敬愛」という美しい絆《きずな》で結ばれた主従の姿は、私の眼にも尊く感じられた。

　男に惚れられる男こそ、真の「男の中の男」だというけれど、大河内さんと正やんの関係は、例えば、秀吉と千利休、劉備と諸葛孔明のような「キナ臭さ」のいっさい無い、静かで透明感のある信頼関係といったものだった。

　正やんは、大河内さんの持つ大人《たいじん》の風格と毅然とした生きかたに惚《ほ》れ、大河内さんは、誠実で勇気のある正やんに惚れたのだろう。雑駁《ざっぱく》喧噪で、修羅場のような撮影現場の中で、大河内さんと正やんのいる一郭だけが、まるで切り取られたように清冽《せいれつ》な雰囲気に包まれているような気がしてならなかった。

考えてみると、大河内さんも正やんも、きびしく美しい名刀のような人だったと思う。現在《いま》のテレビの画面などで、無造作に刀を振りまわしているマンガのようなチャンバラ映画を見ると、私はいつも、両手で受けた本身のズッシリとした重さを思い出す。

大河内さんも正やんも、すでにこの世の人ではない。小倉山の山荘は、いまは「大河内山荘」として公開され、観光名所のひとつになっている。私は行ってみたい気持ちが三分で行きたくない気持ちが七分である。人目にさらされている山荘は、もはや、大河内さんと正やんが愛した二人だけの山ではない。

おいしい人間の思い出は、おいしいままで胸の中にしまいこんでおきたい……だから多分、私は小倉山へは登らない。

パリのバラ、東京のバラ

一九九一年、十一月十日の真夜中に、「ルルルル」と電話が鳴った。寝呆けまなこならぬ寝ぼけた耳に、いささかエキサイトした男性の声が飛びこんだ。

「フランスのシャンソン歌手の、イヴ・モンタンが亡くなりました。そこでですね、何か一言、御感想を」

時計を見れば、一時半である。突然電話で起こされて、「御感想」を聞かれても、こちらは全くの寝耳に水、電話を待ちかまえていたわけでもなし、スラスラと感想などのべられるものではない。世の中には、眠っているときでも四方八方にアンテナを張りめぐらせていて、何時《いつ》なんどきでもオイソレとソツなく応答のできる人間もいるかもしれないけれど、私は単細胞の凡女だからそういう才覚もなく、それほどオッチョコチョイでもないつもりである。

イヴ・モンタンが亡くなった、というショックより先に、いくら取材のためとはいえ、前後の見境もなくダイヤルを回す新聞記者の横暴さにカッときたので、私は早々に電話を切った。が、電話は切ってみたものの、いったん立ち上がった怒りの虫はなかなか納まらない。

「アホンダラ！　いま一体何時だと思ってやんでぇ」

と、ベッドの中で転々としているうちに、眼のほうは逆に冴えてきて、思いはようやくイヴ・モンタンへと移っていった。

お話は三十余年の昔にさかのぼって、一九五八年のことである。その夏、東宝映画は「無法松の一生」（稲垣浩演出、三船敏郎、高峰秀子共演）を、ヴェニス映画祭に出品した。しあわせにも「無法松の一生」はグランプリを受賞し、演出の稲垣さんとプロデューサーの田中友幸さんが金色のライオンを抱きしめて日本へ飛んだあと、私たち夫婦は久し振りの長い休暇を楽しむためにパリはマドレーヌ寺院に近いホテルに落ち着いた。パリを本拠に、ドイツ、スペインなどをウロついているうちに、早くも秋となり冬となって、とうとう年を越してしまった。

ＮＨＫのパリ支局から、「朝の訪問」という番組で、イヴ・モンタンとの対談を頼まれたのは、一月の半ば頃だった。イヴ・モンタンは当時、テアトル・エトワールに出演中だったが、開演前の一時間を対談のために空けてくれることになり、通訳を引き受けてくださったのは、たまたまパリに滞在中の新村猛先生だった。

さて、取材の当夜。迎えの車から降りてきた男性の名前は、ま、「Ｉさん」としておこうか。眉あくまで太く、小柄な体型の上にコロコロと着ぶくれて、なんとなく「カワウソ」を連想させた。当時はまだコンパクトなテープレコーダーなど無かったから、「デンスケ」と呼んでいた、ミカン箱ほどもある重そうな録音機を肩からぶら下げた格好は、カワウソの行商スタイルといった寸法である。

開演二時間前のテアトル・エトワールは、まだ人影もなくひっそりと闇に沈んでいた。

がらんどうの劇場は気味が悪い。ステージの上で、歌い、踊り、泣き、笑い、そしていつか消えていってしまった大勢の芸人たちの人生が、ホリゾントやカーテンにこびりついているようで、なんとなく「墓場」に似た雰囲気がある。薄暗い、楽屋への廊下に、デンスケを先頭にした私たちの靴音だけがコツコツと淋しく響いた。

裸電球の下がった、殺風景な控え室で、イヴ・モンタン氏はたった一人で私たちを待っていてくれた。ステージで見馴れた、焦茶色のパンツと、同色の長袖シャツ姿。握手をした手はあたたかく、柔らかかった。

通訳の新村先生は少々上がり気味だし、私もイヴ・モンタン氏にいったいどんな質問をしたのか、今ではトンと記憶がないが、とにかく小一時間ほどで録音は終わった。

私はキンキン声に弱い。日本人のほとんどは、よほど耳が悪いのか、ところきらわず生まれっ放しの地声でワメき散らすから、音声そのものががさついていて聞き苦しい。

ところが、欧米人のほとんどは、「自分の声をコントロールする術」を心得ていて、周りの雰囲気や場所柄を敏感にわきまえて声を使い分ける。自分の発声を相手がどう感じているか？　という心配りも忘れない。これは大切なマナーの一つとして定着しているらしい。

フランス語は優雅だとか、北京語は美しいとかいうけれど、日本語だって話し方ひとつで「耳に快い」言語になるはずだ、と私は信じている。（ただし、ガギグゲゴが鼻に抜けない限りはダメである）

イヴ・モンタン氏も、シャンソン歌手だからということと関係なく、マナーにのっとった静かな喋り方で、相手の耳を疲れさせぬ「快い」声だった。

イヴ・モンタン氏の、心にしみ通るような声音がまだ耳に残っていた、その翌朝。Iさんが額に汗を滲《にじ》ませながらホテルへ飛びこんできた。今日はデンスケなしである。

「申しわけないことが起きました。昨夜の対談の録音は入っていませんでした。私の操作ミスです。申しわけありません」

Iさんは、それだけ言うと、半べソをかきながら額の汗を拭《ふ》いた。

「マヌケ！　トンマ！　恥さらし！　ダメ男　操作ミスだって？　よく言うよ！」

私の胸の中に、ありとあらゆる罵詈《ばり》雑言が黒雲のように広がってきたが、それらの言葉をIさんめがけて礫《つぶて》のように投げつけてみたところで、すべてはあとの祭りである。

対談の放送はすでに決定しており、東京のＮＨＫは録音テープの到着を待っている。

私が夜逃げしてみても、カワウソがセーヌ河のほとりで切腹をしても、事態の解決にはならない。

すったもんだの末、結局私は、再度の対談を承知した。が、あの多忙なイヴ・モンタン氏の迷惑を思うと、恥ずかしさに身がすくんだ。

再録の当夜、私はパリで一番上等の花屋に立ち寄って、真紅のバラを二ダース買った。録音ミスをしたのは私ではないけれど、手ぶらで楽屋を訪ねるのはなんとなく気恥ずかしかった。女性の私が男性にバラの花束を捧げるのは生まれてはじめてだったけれど、この際「ちょっとキザですが」なんて言っちゃいられない心境だった。

私の差し出したバラの花束を受けとったイヴ・モンタン氏は、一瞬、花束に顔を埋《うず》めて大きく息を吸いこみ、「メルシー　ボークー」と囁《ささや》いて私の手の甲に唇

を当てた。柔らかな目差《まなざ》しには、迷惑な色もなく、かえって私に対するいたわりの感情が溢《あふ》れていて、

「こういう人を、大人というのだな」

と、私は感動した。

それから、三年余り経《た》ったある夜、私は六本木のイタリーレストラン「キャンティ」で夕食を摂《と》っていた。ふと、聞きおぼえのある話し声に振り向くと、イヴ・モンタン氏が二、三人の人たちとテーブルを囲んでいた。食事中に話しかけるのもヤボなことだし、第一、私のような東洋のヘナチョコ女優のことなど覚えているはずもない。私はボーイに「日本の一ファンから」とワインを一本ことづけて席を立った。

翌朝。六本木の花屋から大きな花束が届いた。三年前にパリの花屋で買ったバラと同じ二ダースの真紅のバラの花束に、イヴ・モンタン氏からの手紙が結びつけられていた。

「高峰秀子様。しゃれた心遣いありがとう」とあり、マンガの似顔絵とサインが記されていた。

それにしても、バラの花束はどうして私の家を探し当てたのだろう？　昨夜、ワインをことづけたボーイが、私の名前と住所を知らせたのだろうか、パリのバラと東京のバラは単なる偶然の一致だったのか？……まあ、そんなことはどうでもよろしい、パリのカワウソがし出かした、ちょっぴりスパイスのきいた「オツな思い出」として、私の胸の中にしまっておけば、それでいいのである。

イヴ・モンタン氏は十七歳のときにシャンソン歌手としてデビューした。以来、五十余年間歌い続け、七十歳の秋に、枯葉が枝から離れるようにハラリとこの世から去っていった。見事な終幕だった、と、私は羨ましく思う。

イヴ・モンタン氏のヒット曲「枯葉」は、彼がまだ無名の頃に歌った曲だそうだが、その後じわじわと人気を得て、イヴ・モンタンと言えば、「枯葉」と言われるまでに有名になった。もちろん私も「枯葉」は好きだけれど、最高は「プラ

ンテ　カフェ（コーヒー畠）」だと思っている。何十年も前に、パリの「オランピア劇場」でこの歌を聞いたときの感動を、私は今でも忘れることができない。

衣裳は例によって焦茶色のシャツとパンツ。目深にかぶったつば広の麦藁帽子にだけ強いトップライトが当たって、顔はほとんど見えず、表情といったらダラリと下ろした両手の、大きな掌《てのひら》だけである。夏の夕方、コーヒー畠での労働が終わって、リキュールでもひっかけたのか、ちょっとホロ酔いかげんで歌う、けだるいテンポのその声音は、正に「傑作」としか言いようがなく、舞台に魅入った私は文字通りわれを忘れていた。ずっと昔に、はじめて藤間流の宗家「藤間勘十郎」の素踊りを見たときも、「この人は日本舞踊の神サマだ」と、腰が抜けたようになったが、イヴ・モンタンの「コーヒー畠」はそれ以来の感激だった。

芸能人は、自分の芸は棚にあげて他人の芸には点が辛い。とくに、女優歴五十年の、私のような古狸ともなると、ちょっとやそっとの芸には驚かない。

現役から退いて観客側にまわった今の私は、職業意識に邪魔されることなく、のんきに芸能に接することができる身分になったけれど、その後は残念ながら、イヴ・モンタンの「コーヒー畠」に匹敵するような芸には出合っていないことに気がついた。

あらためて、イヴ・モンタン氏に、敬意をこめて花束を捧げたい、と思う。

『小僧の神様』

五歳の頃から映画の子役として忙しく働いていた私は、小学校すらロクに行っていない。「ガッコへ行けない」という欲求不満のせいか、撮影の合間にはひたすら、本にかじりつくようになった。本屋へ走っては、手当たり次第に本を買い込み、むつかしい本はブン投げ、やさしそうな本だけを拾って読み散らす、という、全くの乱読であった。

映画撮影の仕事はひどく断片的である。だから、腰をおちつけて大長編小説を読み通す、ということはできない。短時間で読み切れる、という条件にかなう、詩集、随筆集、短編小説などを選び、その上、値段が張らず、手軽、ということで、私はいつも「岩波文庫」に手をのばした。昭和十三年頃から敗戦まで、岩波文庫の星ひとつが、まだ二十銭の頃だった。

少年少女の頃、ただ字ヅラを追うだけで、なんの理解もできなかった本を、成人してから再び読んでみると、前とは全く違った感動や興味をおぼえてビックリした、という経験は、だれでも持っていることだろう。私もまた同じおもいを何回かしたけれど、少女の頃から今日に至るまで、一貫して私の心に住み続けている、忘れられない短編小説がある。それは、たった十数ページの短編小説である、志賀直哉著『小僧の神様』である。

ある秤《はかり》屋の小僧が、見知らぬ他人《ひと》に思いがけなく鮨《すし》を御馳走になり、その人を神様ではないか、と思う。ただそれだけのストーリーだが、はじめて『小僧の神様』を読んだとき、私の眼から涙があふれ出して困ったことを覚えている。そして、当時少女俳優だった私は「もし、自分が少年俳優だったら、この仙吉という小僧の役を演《や》ってみたい」と思った。きっとうまく演れる、という自信があったからである。

私は秤屋の小僧ではなく、世間からチヤホヤされる一見華やかな少女俳優だったけれど、年がら年中、ヤッチャ場のような職場を右往左往するばかりで、心の落ちつく時間もなく、一人の友人もなく、全く孤独であった。そんな私にとって、ときたま天から降ってくるような人の親切や愛情に接すると、感激のあまり、私も小僧の仙吉と同じように、その人を「神様」としか思えなかったものである。

「……仙吉には『あの客』が益々忘れられないものになつて行つた。それが人間か超自然のものか、今は殆ど問題にならなかつた。只無闇とありがたかつた。彼は鮨屋の主人夫婦に再三云はれたに拘らず再び其処へ御馳走になりに行く気はしなかつた。さう附け上る事は恐ろしかつた。彼は悲しい時、苦しい時に必ず『あの客』を想つた。それは想ふだけで或慰めになつた。……」

鮨をふるまわれた後の、仙吉の心境が、私には痛いほど分かるような気がしたし、そうした厚意につけ上がることを、私も極端に恐れていた。辛いとき、悲しいとき、自分にふるまわれたおりおりの厚意を思い出すだけで、私の心に温かい灯がともったように和むことも、また仙吉と同じだった。

この短編小説をはじめて読んでから、三十余年の月日が経つ。そして、現在《いま》の私は、どちらかといえば、小僧に鮨をふるまった客「A」の立場にある。ときどき、他人さまに要《い》らぬおせっかいをやいては自己嫌悪《けんお》に陥り、後悔のホゾをかむのも同じである。

「……Aは変に淋しい気がした。自分は先の日小僧の気の毒な様子を見て、心から同情した。そして、出来る事なら、かうもしてやりたいと考へて居た事を今日は偶然の機会から遂行出来たのである。小僧も満足し、自分も満足していい筈だ。人を喜ばす事は悪い事ではない。自分は当然、或喜びを感じていいわけだ。所が、どうだらう、此変に淋しい、いやな気持は。何故だらう。何から来るのだらう。

丁度それは人知れず悪い事をした後の気持に似通つて居る。……」

『小僧の神様』は、志賀直哉独特の、むだのない簡潔な文章で「人間のもつ、美しい恐れの感情」をテーマにサラリとまとめられている。私が最も好きな個所は、小説の最後の文章で、小僧が、でたらめに書かれた住所をたよりにその客を訪ねてみたら、そこには人の住まいがなくて稲荷の祠《ほこら》があった、という風に書こうとしたが、小僧に対して惨酷《ざんこく》な気がしたので、ここで筆をおく、という作者の、あとがきに似た文章である。志賀直哉という人の「小説」に対する恐れのようなものを感じることの出来る、貴重なしめくくりだと思う。

気になる本『浮雲』

一九五一年、五月。二十五歳だった私は、羽田空港からパリに向かって飛び立った。

物見遊山などという結構な旅ではなく、日本国内脱出、海外逃亡めいた必死の旅立ちであった。

理由は、私の好むと好まざるにかかわらず、限りなく膨張してゆく映画女優の「高峰秀子」という虚像に振りまわされて、ホトホト疲れ果てたからである。

「親もいらない、人気もいらない、金もいらない、恋もいらない」と、日本国をふり切るようにしてパリに到着した私は、ルクサンブールの学生町で七カ月間の下宿生活に入った。当時のパリにいた日本人は十人足らず、フランス語の分からない私には新聞もラジオも無関係、日本の情報など何ひとつ得られず、ただ虫のように毎日を過ごしていた。

そんなある日、日本から、ボロボロになった小包が届いた。単行本の端っこが覗《のぞ》いていて、林芙美子著の『浮雲』だった。日本の活字に飢えていた私は、文字通り、貪《むさぼ》るようにして読んだ。『浮雲』のストーリーは、惚れた男の不実をなじりながらも、恨み、反撥《はんぱつ》、つらみ、あきらめをくり返して、最後には喀血《かっけつ》して死んでゆく、という、全く救いのない女の物語である。

それでなくても、生まれてはじめての孤独をかみしめて頑張っている私には、読めば読むほど気の滅入るような小説だった。そして、破れた包装紙には送り主の名前がなかった。

　私のパリ行きを知ったとき、眼を吊り上げて反対した母が本など送ってくれる筈はなく、私が林芙美子のファンであると知っている友人もない。考えられるのは、人気女優の私の周りで、オスの匂いをさせていた、男性たちの一人がその送り主であったかもしれない。もし、そうだとしたら……その心は何なのか？……『浮雲』のヒロインゆき子のように、踏まれても蹴られても俺にしがみついていろ、というナゾなのか？……。全く、もう、「お前さん、うぬぼれもいいかげんにおしよ」と、私はチャンチャラ可笑《おか》しかった。

　七カ月の逼塞《ひっそく》が終わり、チーズとワインで雪ダルマの如く太った私は帰国し、その年の内に、「稲妻」（林芙美子原作）、「カルメン純情す」など四本の映画に出演し、そのあと「雁」（森鷗外原作）、「女の園」（阿部知二原作）、「二十四の瞳」（壺井栄原作）、など、立て続けに八本の映画に出演した。

　東宝映画から「浮雲」（林芙美子原作）の出演交渉があったのは、一九五四年であった。パリで『浮雲』を読んだときは、まさか私がゆき子を演《や》るなどとは夢にも思わなかったので、私は仰天した。そして、映画化を前提として読みなおした『浮雲』のヒロインは、役としても難役で、私には到底自信がなかった。私は東宝に断りの返事をしたが、東宝は承知せず、私はしかたなく、届けられた脚本のゆき子の台詞《せりふ》だけをズラズラとテープに入れ、「このように下手クソなので、遠慮させていただきます」という手紙をそえて成瀬巳喜男監督に届けてもらった。が、なんと、映画化の準備は急速に進み、アッという間もなく撮影は開始された。いまの女優なら要領よく蒸発でもしただろうが、私にはそんな才覚もなかった。

相手役の森雅之さんの名演に支えられて、「浮雲」はようやく完成した。私の尊敬する小津安二郎監督から、「ウキグモハ　ブンガクニカツタ　デコ　オメデトウ」という電報を頂戴したとき、私はやっと、ヤレヤレと一安心した。

なんのかんのと『浮雲』は私にとって人さわがせな本だったが、私が受けた六十余の女優賞の大半は「浮雲」と「二十四の瞳」でいただいたのだから、人間一寸先のことは分からないものである。

それにしても、パリの空の下で読んだ『浮雲』の送り主は、いったい誰だったのだろう？　指さきにもぐりこんだ小さな棘《とげ》のように、『浮雲』はなんとなく気になる本である。

夏のつぎには秋が来て

ずいぶんと古い話になるけれど、昭和三十七年、私は徳田秋聲原作『あらくれ』の映画化で、ヒロインのお島を演じて「毎日映画女優主演賞」をいただいた。当時の賞は、かなりの権威があったのか、新聞にも大きく報じられたものだった。そのときも、ある朝開いた『毎日新聞』に、私の写真入りで受賞の記事が載っていた。が、それはどうでもいいとして、その記事の一段下の、見おぼえのある顔写真にふッと目をやった私は、思わず「あッ」と声を出した。それは「室生犀星」の死亡記事であった。

私は室生先生とは面識がなかったけれど、作品は愛読していたし、つい最近も偶然になにかの雑誌で、『あらくれ』を見物した室生先生の感想文を読んだばかりだった。

「……たいていの女優は、ただ『女優』を感じさせるものだが、高峰秀子という人だけ、なぜか人間を感じさせる。今度のお島もまた、そういう印象が強かった。映画界で、稀有な存在だとおもう……」

『あらくれ』のお島は、原作によると、骨太、大柄で、牛のようにたくましく荒々しい女である。ところが私はあいにくと、骨細、小柄で、目鼻立ちの間取りもチマチマと控えめ、お島とは似ても似つかぬ肉体の持ち主で、どうにもならない。男とわたりあい、とっくみあいの喧嘩をするシーンなどはずいぶんと演《や》りにくくて閉口しながら演じたものだったから、室生先生のこの文章には心底、感激した。

むやみと嬉しくて、よほど室生先生にお礼状でも書こうか？　と思ったけれど、なんとなく気おくれがして、そのままになっていたのだった。

室生先生の写真を瞠《みつ》めながら、私は礼状を書かなかったことを深く後悔した。そして、「人間の生命には限度がある。伝えたい気持ちは素直に伝え、会いたい人には素直に会っておくことだ」と、つくづく思った。

私は、子供の頃から映画界で育ったから、かなり人ずれがしている。会いたい、会いたくない、とは関係なく、人にもまれて成長したようなものだった。人の顔を見るだけでウンザリするようなこともあった。

「この世で、私が会いたい人って、誰だろう？」

いっしょうけんめいに考えた揚げ句に浮かんだ私の「会いたい人」は、なんと、「内田百閒」というガンコオヤジただ一人であった。

私が内田百閒の作品に夢中になりだしたのは、昭和十三年に、東宝映画、内田百閒原作の「頰白先生」（昭和十四年封切り）に、内田先生のお嬢さんに扮して出演した前後からだった、と思う。頬白先生、つまり内田百閒先生に扮したのは、いまは亡き「古川ロッパ」だった。百閒先生のお嬢さんになった私の琴と、これもいまは亡い「丸山定夫」の尺八で「六段」を合奏するシーンがあって、生まれてからただの一度も「琴」という楽器をハッキリと眺めたこともない十三歳の私は、いきなり宮城道雄検校《けんぎょう》の家に連れて行かれて「六段」を習うハメになった。

　宮城検校は、昭和三十一年の六月に、刈谷《かりや》駅近くで、汽車のデッキから転落するという事故で亡くなった。車中にはお弟子さんや手引きの人もおり、早朝のことでもあり、ふしぎな事故なので、一時は「自殺では？」などという噂もあったけれど、私は、新聞でこの事故を知ったとき、すぐに「宮城先生は誤ってデッキから落ちられたのだ」と思った。私が「六段」を習いに宮城家へ通ったのは、ほんの十日ほどだったと記憶しているけれど、とにかく、内田先生も何度も書かれているように、私も、あんなに「カンの悪い盲人」に出会ったのははじめてだった。

シンと静まりかえった宮城家の、庭に面した奥座敷で、私が琴を前にして待っていると、やがて宮城先生がお弟子さんに手引きをされてソロリと現れ、「はい、いらっしゃい。お待たせしました」と言われるのだが、なにかの都合で、せっかちな宮城先生がお一人で二階から降りて来られるときもある。必ず、といってもいいほど階段を踏みはずして、ドドドと階下まで転がり落ち、廊下の柱におでこをゴン！　とぶつけては「あいたッたッ！」と飛び上がる。そんなに広くもないお家なのに、毎日歩き馴れた家なのに、「まあ、なんて不器用な先生なのだろう」と、私はそのたびにビックリするよりも呆然として宮城先生を瞠《みつ》めたものだった。

宮城先生は汽車にゆられて早朝の三時、手引きの人を起こさずに、例によって不器用な歩き方で寝台車から手洗いにお立ちになって、手洗いとは反対のドアをお開けになったに違いない、と私は思っている。

映画「頬白先生」は、内田先生と映画会社の間でなにかトラブルがあったらしく、内田先生はヘソをお曲げになって、映画もごらんになっていない。

「僕が見なければいいと思つて承諾したのですが、それが評判になつたので困つた。他人の書いたものの滓を無理にしやくり出して筋を作るなんか、いけない事ですよ。文章道を汚し、映画の水準を低くするものです……」（四方山話）と、お怒りになったり、

「……一時は人の顔さへ見れば『頬白先生』を持ち出して話の種にする客ばかりで閉口したが、いい工合にこの頃は下火になつた様である……」（映画放談）と、安心なさったり、だけれど、映画「頬白先生」はたしかに好評で、演出の阿部豊、百閒役の古川ロッパ、そして私までが大いにホメられて面目をほどこしたのだから、皮肉なものである。

若者の読書といえば、当時は「志賀直哉」「横光利一」の洗礼を受けるのが相場だったけれど、私のヒイキはなんといっても「内田百閒」だった。子供のまま年を取ってしまったような、ナイーヴ、ガンコ、ワガママ、イタズラな文章がなんともいえず好きだった。

「高田さんはフエミニストですか。この間満鉄東京支社の上の『アジア』で西洋料理を食つた。僕は西洋料理は好きだから、いい御機嫌で出て来て、シヤツポやステツキを受取る所へ行つたら、すうつと女が前を通り抜けて行つた。人の前をごめんなさいとも云はないで、通つてしまふのです。それは女優の高峰何子とか云ふのださうでしたが、餘程、突き飛ばしてやらうと思つたけれども、こちらが御機嫌がよかつたから我慢した。女に前を切られるなんて縁起が悪くてね。一体、さう云ふ不行儀な事が何でも普通になりましたね。」（百閒座談）

この文章を読んだときは、一瞬マッサオになったけれど、この「秋宵世相談義」が『話』に掲載されたのは「昭和十四年」である。昭和十四年では、私はまだ十四歳の少女で女優とはいえないし、十四歳のガキが満鉄の支社に用事があって行くはずもないし、行ったおぼえもない。「高峰ちがいかしら？」とも思ったけれど、まあ、そんなことはどうでもいいとして、私がもしも、偶然に内田百閒先生に出会ったりしたら、「すうつと通り抜け」るどころか、感激のあまりむしゃぶりついたかもしれない。そうしたら百閒先生はもっと仰天して卒倒したかも？　と考えると、おもわず頬がゆるんでくる。

昭和三十七年に、室生先生の死亡記事を見て以来、私はだんだんと、内田先生に会いたい、と思うようになった。そして、一度お伺いの手紙を出してみようか？　と考えはじめた。けれど、しかし、テキは世に有名な「禁客寺」の主である。寝不足でヘソの曲がっている日などに、吹けば飛ぶような私などがノコノコ出向いて行って、あの大目玉で睨《にら》まれてはたまったものではない。けれど、愛猫「ノラ」の失踪を悲しんで昼も夜もベショベショと泣き暮らし、体重が二貫目もへっちまった、という、人並みはずれた優しいところもあるらしいから、もしかしたら大丈夫かも？　と、私の心は千々に乱れてウロウロしている間に、早くも一、二年が経ってしまって、百閒先生は七十歳を越えてしまわれた。

ある日、私は思い切って、金釘《かなくぎ》流で手紙を書いた。

「私は高峰秀子という女優です。内田先生のファンなのです。一度でいいからお目にかかりたいのです。お願いします」

長ったらしいファンレターほど閉口するものはない、ということは、私自身の経験で先刻承知している、とはいうものの、なんだか電報みたいなヘンな手紙で恥ずかしかったけれど、私は、「ええい、当たってくだけろだ！」とばかりにポストに放り込んだ。

それから二週間ほど経った頃だったろうか。ある日、ファンレターに交じって、白いたて長の封筒が到着した。封筒の裏には、小さな律義な字で「内田榮造」とあった。けいの細い便箋に、これも律義な字が並んでいた。

「……あなたとは、以前に一度、どこかの雑誌社から対談をたのまれたことがありました。その対談は、なにかの理由でお流れになりました。

そういうこともあったので、私もあなたにお目にかかりたいと思います。しかし、私の机の上にはまだ未整理の手紙が山積みになっており、また、果たしていない約束もあります。これらを整理している内に間もなく春になり、春の次ぎには夏が来て、夏の次ぎには秋が来て、あなたと何月何日にお目にかかる、ということをいまから決めることは出来ません。どうしましょうか。

内田榮造」

私は思わず吹きだした。まるで百閒先生のエッセイそのもののような、ユーモア溢れるお返事だったからである。

この返事を書かれたときは、よほど寝起きがよかったのか、大好きなお酒が入っていたのか知らないけれど、どちらにしても、このお手紙は、せい一杯に愛想のいい断りの手紙にちがいなかった。

「これ以上、しつこくしてはいけない」。私は、この一通のお手紙を私の宝物にすることで、百閒先生との会見はきっぱりとあきらめた。

室生先生の訃の日から、ちょうど十年目の、昭和四十六年に、内田百閒先生は八十二歳で亡くなった。

私の宝物の、たった一通のお手紙は、あまり大切にしすぎて、どこへしまったのか、どこを探してもみつからない。「こんなモノを後世に残しては、ロクなことはない」と、百閒先生がどこぞへ隠してしまったのかもしれない。

けれど私は、このお手紙を、まるで映画の台詞でも覚えるようにくり返し読んだので、全文を暗記してしまった。

さすがの百閒先生も、そこまではお気づきではなかっただろう。「うーむ」と、あの大目玉をムイて口惜しがったって、わたしゃ、知らない。

縫いぐるみのラドン

昭和三十三年の十月、私たち夫婦はヴェニスの映画祭に出席したあと、パリはマドレーヌ寺院に近いホテルに落ちついて、のんびりとした休暇を楽しんでいた。そのホテルに二組の珍客が転がりこんで来た。新派の名女形、花柳章太郎丈夫妻と、日本画の重鎮、伊東深水先生とその令息の万燿氏の四名だった。

花柳先生とは、私が六歳の子役のときに「明治座」で共演？　して以来の長いおつきあいだったし、私たち夫婦がヴェニスへ出発する前に「俺たちも追っかけてパリへ行くよ、よろしく頼むぜ」と言われていたから驚きもしなかった。が、二人が突然四人に増えていたのにはビックリした。私たち夫婦は、伊東先生、万燿氏とは初対面であった。

四人組の出現で、身辺にわかに忙しくなった私たちは、フランス語の字引と首っぴきでガイドよろしく走りまわった。食事の注文、オペラや劇場の切符の手配、ハイヤーの予約、等々で、ゆっくり座っているヒマもない。

一番困ったのは、

「今夜はぜひともカレーライスと願いたい」

「いや、生ガキと魚のフライのほうがいいな」

などと、食事の意見が分かれることで、食事のメニューばかりはいったん言い出したら最後、お互いに頑として説を曲げるということがない。つきそいの私たちはしかたなく二手に別れて食事におもむいた、ということもあった。

一通りのパリ見物が終わったあと、花柳先生はエマイユの工房とやらにせっせと通いはじめ、伊東先生は画材を背負いこんだ万燿氏をしたがえてスケッチ三昧と御満悦だった。

書生と小間使いよろしく両巨頭の雑用に追われっ放しの私たちは、ついにアタマにきて、花柳先生を怪獣「ゴジラ」、伊東先生を「ラドン」と名づけてうさを晴らすことにした。

新派の御大、花柳ゴジラは、なにごとにもオットリ、スローモーな伊東ラドンとはちがって、わがまま一杯に育ったオキャンな下町娘のような人である。劇場の楽屋では、番頭さんをはじめ十人余りのお弟子さんや部屋子に手とり足とりされて、気随気儘《きまま》な関白様だから、人をコキ使っているという意識などテンから無い無邪気な性格の持ち主である。

生まれてはじめての、御夫婦二人きりの外国旅行だから、なにかと不安なのは当然かもしれないが、「ホテルの部屋はネ、善チャンたちと同じ階で、それもお隣じゃなきゃイヤだぜ」とのことだったので、二間続きの部屋にしたのはいいけれど、花柳ゴジラが間仕切りのドアを一杯に開け放ってしまったから、まるで二組の夫婦が一部屋に同居しているような案配になった。

私たち夫婦は新婚夫婦でもないから、覗かれては困るということもないが、風呂上がりの裸でウロウロしたり、ベッドの上にアグラをかいて財布をぶちまけて、（すべてワリカンだから計算が大変なのダ）金勘定をしたり、というところを見られるのはやはりカッコが悪い。第一、いつなんどき「オーイ、善チャーン」「秀チャーン、来とくれよオ」と、お声が掛かるか分からないから、一日中ソワソワして気分が落ちつかないことおびただしい。

「オーイ、秀チャーン、頼むよオ」、ホラ、おいでなすった、と、私は横っ飛びに隣室に走った。なにも走ることはないのだけれど、そこが私の生来貧乏性なところである。

「ハイ。なんですか？」

「勝子（マダム・ゴジラである）のね、足袋を洗濯に出しておくれよ」

「足袋……？」

私は思わず白眼をムいた。フランスの字引に「足袋」なんて名詞があるかしら？　考えてみれば、足袋という代物は、牛や馬の如くツマ先が二つに分かれたヘンな形のものである。これを「日本の靴下」と説明するのもヘンなものだし……ま、いいや、なんとかなるだろうよ。と、私はサイドテーブルの上の電話で「ランドリーサーヴィス」のダイヤルをまわした。

翌朝。ゴジラの部屋のドアがノックされて、誰やら入って来た様子である。一瞬の間を置いて、「秀チャーン！」というカン高いゴジラの声が飛んで来た。返事もそこそこに、ガウンのえりをかき合わせて隣室に入ってみると、ゴジラとマダムが度肝をぬかれたように口アングリと部屋の真ン中につっ立っていた。その眼の前の大理石のマントルピースの上に、一足の足袋が乗っていた、いや、この場合、一足というより一対というべきか、コテンコテンに糊《のり》で固められた足袋は、まるで木型の入ったブーツのようにツマ先を揃えてスックと立っていた。生まれてはじめて「足袋」を見たフランスの洗濯屋さんが、「さて、どうやってアイロンを掛けたものだろう？」と困惑している表情が見えるようで、こっけいもこっけいだったけれど、さすがはフランス、洗濯された足袋はまさに芸術品と言いたいような出来上がりだった。

やっさもっさのくり返しの内に二カ月が経ち、パリは吐く息が白くなるほど寒くなり、一日中うす紫色に煙っている日が続いた。が、イーゼルから絵の具箱、折りたたみの椅子まで背負った万燿氏をお供に、伊東ラドンは連日、寒空の中をスケッチに出かけた。

私は、少々心配になって、よせばいいのに余計な口を出した。

「伊東先生はこれからニューヨークにいらっしゃるそうですが、ニューヨークの冬は零下二十度ですよ。背広だけで大丈夫ですか？」

ラドン親子は一瞬キョトンとして、お互いの背広をみつめた。

「洋服もコートも全部パリで買うつもりだったので、着のみ着のまま出て来たんです。こりゃ大変、すっかり忘れていた。いますぐ洋服屋へ連れていってください」

オペラ通りの男性用品専門店「オールド・イングランド」の店内をしばらくウロついたラドン親子は、大量の衣類を抱えた店員と共に試着室に消えたまま、一時間を越えても出て来なかった。私は自分のしたおせっかいに自分でハラを立てながらも、しびれを切らし、アクビが出て、「もうこれまでヨ」と思ったとたんに試着室のカーテンが開いてようやく売り子が顔を出した。困ったような顔をしている。半開きのカーテンの中を覗いてみると、ラドンが鏡に向かって、これも困ったような顔で立っていた。

手先がかくれるほどデッカイ上衣を着て、ズボンを長くひきずっている。松の廊下、殿中でござる、じゃあるまいし、このままニューヨークなど行けたものではない。

「伊東先生、この服はムリですね、とにかくそのズボンは脱いでください」

ラドンはウンウンと掛け声を掛けながらズボンを脱ぎはじめたが、靴を履いたままなのとボテボテのももひきがズボンにからみついてなかなか脱げない。上衣の下にもボテボテのシャツを着こんでいるらしく、背中が異様に波をうっていて、イギリス仕立てのスーツも台なしである。店員が溜息を吐《つ》いた。

「このムッシュウの体型は実にふしぎである。上衣が合えばズボンが大きく、ズボンが合えば上衣が小さい。これではどうにもならないが、どうするか？」

　どうにもならなくても、どうにかしてもらわなければ困るけれど、私にそんなややこしいフランス語が喋れるはずがない。私はあわててハンドバッグから字引を取り出した。

「ズボン、ナオス。ウワギモ、ナオス。カレタチハ、ニューヨーク、ユク。ジカン　ナイ。イソグ。ワカッタカ？」

　世の中には、言葉が通じない、ということでかえってトクをする場合もあるらしい。フランス人の売り子は私のすさまじいフランス語にヘキエキしたのか、背広からオーバーコート、ワイシャツからネクタイまでという上客を逃がしたくないのか、ポケットからメジャーをひっぱり出して、「ウイ、ウイ」とうなずいた。ヤレヤレである。

十二月のはじめ、ラドン組は「オールド・イングランド」から届いた暖かそうなキャメルのオーバーコートを着て、オルリー空港からニューヨークに向かって出発した。ゴジラ組もまた続いて日本に飛び立って行った。四人組を無事に送り出した善チャンと秀チャンは、疲労のあまり二、三日はベッドにひっくり返ったままだった。

昭和四十五年。ラドンに先き立って万燿氏が他界し、四十七年にはラドンもまた、万燿氏のあとを追うようにして逝ってしまった。

「いろいろとありがとうよ。日本へ帰って来たら美味《うま》いもン御馳走するぜ、バイバイ」

と空港で手を振っていた花柳ゴジラも、もうこの世の人ではない。

ラドンの残した数々の美しい美人画に接するたびに、私は、「オールド・イングランド」の試着室の鏡の前に、ラクダの下着をモコモコと着こんでうっそりと立っていた、縫いぐるみのラドンのような伊東先生を思い出す。

レースのショール

昨年の九月のことだった。日本橋のデパートに買いものに入った私の目に、不意に「宮本三郎」という四つの字が飛びこんだ。それは、「宮本三郎展」のポスターであった。

私はひどく得をしたおもいでホクホクし、買いものはあとまわしにして七階のギャラリーへ急いだ。

「宮本三郎十三回忌 記念大展覧会」というだけあって、一九三二年から六四年の間に画かれた九十四点もの代表作が展示されており、時間のせいか場内がパラリとしていたおかげで、私はおもう存分に会場内を歩きまわることができた。会場をめぐるにしたがって、私は、一人の優れた芸術家のたどった、若さ、ファイト、低迷、精進、昇華、自信、熟成、と、まるで壮大なドラマでも見るような感動をおぼえながらも、「こんなに沢山の立派な作品が残されて、本当によかった」と安心した。

安心した、という表現は唐突かもしれないが、これには少々のわけがある。

おととし、昭和六十年。私は仕事で金沢、富山、と、二度の旅行をした。はじめの旅行のときだった。空港から市内に向かう車の窓を眺めていた私の目の端を、矢印のついた「宮本三郎美術館」という標識がスッと流れ去り、私はおもわず腰を浮かせて後部の窓を振り返った。

「宮本三郎先生の美術館があるのですか？」

「はい。先生はこの先の小松でお生まれになりましたんでね。美術館は、そう、ここから三十分ほどのところです」

という運転手さんの答えが返ってきた。

金沢での仕事の間中、私は、なんとかして美術館を訪ねたい、という思いで一杯だったが、スケジュールの時間がギリギリのため、再び帰りの空港に向かう車中から標識に心を残しただけだった。

次の富山新聞社の仕事のときは、はじめから美術館の見学の時間を考えてたっぷりの余裕をとった。

「宮本三郎美術館」は、野中の一軒家といった風情のこぢんまりとしたたたずまいであった。

宮本先生特有の、ルビーかアレキサンドリアの輝きにも似た、緻密《ちみつ》で華麗な作品に会いたい、と期待して行った私にとって、館内に並ぶ作品はあまりに少なく、見応《みごた》えもなく、正直に言ってがっかりした。もちろん、大作、代表作といわれる作品は既に、しかるべき場所にしかるべくして納まってしまったのだろうが、それにしても、この美術館をはるばる訪ねる愛好家たちの落胆の声が聞こえてくるようで、私は少し心配になった。

「そうだ。私のお宝を、この美術館に寄贈しようかしら？」

私は、そう心の中で呟《つぶや》きながら、館長さんの名刺を頂いて車に乗った。

私のお宝とは、今から三十年ほども前に宮本先生が画かれた私の肖像画のデッサンである。一度は『週刊朝日』の表紙画のモデルとして、もう一度は多分これも雑誌の表紙用だったと思うが、とにかく、私は宮本先生のモデルになるために、何日か玉川奥沢のアトリエに通ったことがあった。

アトリエはいつもひっそりとしていて、玄関のドアを開けてくださるのはいつも和服姿の文枝夫人だった。アトリエにすっくと立って、笑顔で見迎えてくださる宮本先生は、いつも黒いトックリスェーターか黒のスポーツシャツというスタイルだった。

デッサンは黒のコンテか鉛筆で素早く描かれたが、コンテを持った長い指はしなやかで、スケッチブックの上をすべるコンテの音はサラサラと軽やかだった。

ある日、私は、黒無地の結城の着物にさび朱色の帯をしめてアトリエの椅子に座った。私の上半身は細く出した半えりの白と着物の黒の他に色がない。宮本先生と文枝夫人はほとんど同時に立ち上がって、アトリエの一隅に置かれたトランクの蓋《ふた》をあけ、なにやら物色しはじめた。やがて文枝夫人の指さきに、小花が美しくししゅうされた黒レースのショールがつまみあげられ、夫人の手でふうわりと私の肩にかけられた。黒一色の胸もとが一瞬にして華やかになった。

レースのショールをかけた私の肖像が表紙になったかどうかは全く忘れてしまったが、宮本先生と文枝夫人が仲良く頭をよせ合ってショールを探し出していた、あの、なんとなく羨ましくなるような一カットを、私はいまでもはっきりと覚えている。

先生に頂戴したデッサンの「私」は、まだ若く、真珠のように美しく描かれていて少々気恥ずかしいが、その絵を眺めていると、宮本先生の思い出が次から次へと懐かしく浮かんできて、美術館にお嫁に出すのがちょっと惜しくなってくる。

さて、どうしたものかしら？

ふしぎの国のオギス

私がはじめて荻須さんに会ったのは昭和二十五年だったから、昭和十五年にパリから一旦《いったん》帰国した荻須さんが再渡仏をして間もなくのころである。

敗戦後、はじめて東洋人の女優として「ヴェニス映画祭」に招待されたものの、はでなお祭りさわぎやパーティの苦手な私は、映画祭には出席せずに、七カ月ほどパリの学生街に下宿をして気ままな毎日を送っていた。

あるお天気の良い日、太陽の光に誘われて外に出た私が、ルクサンブール公園のあたりをブラついていると、向こうから、小さな女の子の手を引いた背の高い男性と小柄な日本女性が歩いて来た。当時のパリには、まだ日本人観光客の入国は許されていなかったから、街で日本人を見かける、ということは殆《ほとん》どなかった。

「もしかしたら、荻須高徳さんでは……」と、私が足をとめると同時に、彼らの顔にパッと笑みが浮かんで、まっすぐに私に向かって近づいてきた。やはり、荻須さんだった。

初対面ではあったが、お互いに自己紹介だけではなんとなく別れにくく、私たちは道の真ん中でとりとめのない立ち話を続けた。

「高峰さんは、このあたりにお住まいだとか」

「はい、ついこの先に下宿してます」

「私のアトリエもこの近くなんですよ。女房と子供は日本から着いたばかりで」

「お散歩ですか？」

「お天気が良いのでね、太陽の光に誘われて……」

「あら、私もそうなんです」

私は、久し振りに聞く日本語がひどく懐かしく、荻須さんと奥さんも明るい笑顔で声をはずませた。

「高峰さん、お食事は外食ですの？」

「はい、いつもこの辺りで」

「そりゃ味気ない。一人で食べるメシは不味《まず》い」

「あ、今晩スキヤキでもしましょうよ、うちで」

「うちったって、粗末なアトリエだもの」

「しましょう、しましょう、スキヤキ、ねえ、高峰さんいらして！」

天井の高い、ガランとしたアトリエの真ん中のテーブルを囲んで、スキヤキの夕食がはじまった。他人の家にノコノコと入り込んで、しかも初対面の人にスキヤキを御馳走になるなどということは、人みしりをする私には絶対になかったことなのに、その夜ばかりは荻須家の一員のような顔をしてリラックスしている自分がふしぎだった。日本人恋しさ、というばかりでなく、荻須さんの、それこそ古武士のように毅然とした風格と、明るく優しい美代子夫人の人柄のおかげだったのだろう。

当時のパリの肉屋には、もちろんスキヤキ用の肉など売ってはいなかった。いくら「薄く切ってください」と頼んでも、店員の切る肉の薄さには限度がある。スキヤキ用の肉が欲しいときは「コム・ド・パピエ（紙のように）と言えばいいのさ」と、荻須さんが美代子夫人に向けた優しい笑顔が印象的だった。

スキヤキのおかえしもしないままに、私はパリを発ち、アメリカをまわって日本へ帰って来てしまったが、荻須画伯は通算六十年もの間、パリに腰を据えて、ひたすらパリを描き続けたことになる。

一口に六十年というが、芸術の修羅場といわれるパリで、画業ひとすじに徹しきった毎日の積み重ねの六十年である。「オギスは人の五倍は働く」と言われたことでも分かるように、並たいていの努力ではなかったろう。その間に、各地で着実に個展を開き、フランス政府からは「レジオン・ドヌール勲章」を、パリ市から「メダイユ・ド・ベルメイユ勲章」を受け、五十三年にはパリ市の主催で滞仏五十年展も開催されて、パリやヨーロッパでの「オギス」の名声はすっかり定着した。けれど、荻須画伯が心の底から望んでいたものは、異国から与えられる勲章や名声ではなく、生まれた国、日本国からの評価だったのではないかしら？と、私はおもう。

荻須画伯は、昭和六十一年の十月、八十四歳で亡くなった。亡くなってしまった後で、日本からどんなに立派な勲章を頂いてみたところで、それがいったい何になるというのだろう。文化勲章の受章の知らせを、「モンマルトルの墓地へ行って荻須に報告しました。当人が生きていたときだったら、どんなに喜んだことでしょう」という美代子夫人の談話を、他人の私でさえ、じだんだを踏みたいほど腹立たしく思った。日本という国は、ふしぎな国なのだ。ケチで、間ぬけで、とんちんかんで、なんともふしぎな国なのだ。

「ふしぎな国に生まれたオギスですか？」と、細い眼を和ませて苦笑いをしている荻須画伯の表情が彷彿とするようである。

ヘチャプリ大王

「芹《せり》、三つ葉、生姜に山葵《わさび》に牛蒡《ごぼう》に山椒、独活《うど》に慈姑《くわい》に蕗の薹《とう》、高野豆腐や里芋も喰べたいよう」

パリのアパルトマンのソファに、小柄な身体をすっぽりと埋めた藤田嗣治画伯は、まるで子供が暗記でもしたかのようにスラスラと並べ立てて、ニヤリと笑った。

アパルトマンの地下の物置には、常時、三越から取り寄せるという赤味噌、白味噌の大樽や大量の醤油がストックされているのは知っていたけれど、日本の野山の香気へのラヴコールがこれほどまでだったとは……。

「先生が欲しい日本の味はなァに?」などという無神経な質問をしてしまった自分の迂闊《うかつ》さを後悔して、私はシュンとしてしまった。

昭和二十五年に、パリではじめて藤田画伯にお会いして、以来、パリへ行くたびに美味《おい》しいレストランや、旅行にも連れていっていただいたけれど、いちばん楽しかったのは画伯のアパルトマンでの食事で、やはり「日本食」が多かった。

「今夜はウチでタメシだよ。鮭の塩焼きとカレーライスだ。いまから迎えにゆくから待っててよ」

と、電話が入ると、約三十分後には私たちのホテルの前に制服制帽に白手袋の運転手つきのピッカピカのクライスラーが到着する。行く先は「マルシェ(市場)」で、キャメルのコートを羽織った藤田先生を先頭に店先を物色して歩く。魚屋で生鮭を四切れ切ってもらい、八百屋で玉ネギ、ニンジン、ジャガイモと、サラダ用のレタスやトマト。エルメスのお財布からお金を出すのは藤田先生で、だんだん重くなる買い物籠を持つのは私の亭主の松山である。君代夫人の笑顔の待つアパルトマンに戻ってからは大忙しになる。

「お善は野菜の皮むきだ。お秀はサラダを作る。君代は御飯とおこうこの用意……」と、号令がかかって三コックは小さな台所に殺到し、さて藤田御大は何をするかというと、居間の真ん中で銀髪のオカッパ頭と小さいお尻をふりふり「フラフープ」をまわして遊んでいるばかりである。

「アトリエに入りきりだと運動不足になるからネー」というのがきまり文句である。食卓に並ぶ食器はすべて、御大が絵つけをしてピカソのヴァロリスの窯で焼いた逸品ばかりで、鳥や魚や子供の絵がこよなく愛らしくて楽しい。

楽しいといえば、この家のどこを見ても楽しく、電話機の横にブラ下がっている電話帳までが楽しかった。

「フランス語に弱い君代ちゃんのために」との配慮からか、八百屋の番号にはトマトやキャベツ、パン屋にはバゲット、魚屋は魚の絵というように、御大自らの手になる絵入りの電話帳で、文字通り、一目瞭然という仕掛けになっていた。

バスルームのドアには、タオルを持った女の子の絵。寝室には、男の子と女の子が並んでベッドに入っている絵。キッチンには買い物籠を抱えた女の子の絵がかかっている。リビングルームの壁一面は、パリのあらゆる職業が男の子と女の子で画かれた沢山のタイルで貼られていて、メルヘンの世界に迷い込んだような楽しさだった。

「なにしろ描くのが好きなのよ。マッチ箱でも切手の裏でも手当たり次第に絵を描いちゃうんだから」と、君代夫人は笑ったが、私の目からみると、藤田画伯は、故意に「楽しさ」を演出することで、その楽しさを楽しむことを楽しんでいるようにみえてならなかった。画伯のアトリエの無類の楽しさには、画伯の遠い過去になった、他人には想像もつかないような貧しさや辛さ、悲しさや苦しさが、炙《あぶ》り出しの絵のようにひそんでいるようにも思えてならなかった。

「君たち、センセイはもうやめてよ。なんとなくギコチなくてイヤだよ。名前なんてのは番号と同じなんだから、フジタであろうがヘチャプリであろうが一向にかまわないんだよ。これからはボクをヘチャプリって呼びなさいよ。ボクも君たちを『お善』『お秀』って呼ぶからサ」

と言われてから私たちは、藤田画伯を「ヘチャプリ」と呼ぶようになった。ヘチャプリはパリの住人、私たちは東京の住人だから、そうたびたび会うことは出来なかったけれど、筆まめなヘチャプリはびっくりするほど沢山の手紙を送ってくれた。手紙のサインは「パリのヘチャプリ」だったり「ヘチャプリ大王」だったりで、洗礼を受けて「レオナルド」というクリスチャンネームになってからは「レオナルド・ヘチャプリ」となった。

「今度パリへ来るときは、これ、持ってきておくれ。食べたいよぅ。レオナルド・ヘチャプリより」という手紙には、便箋に直径五ミリほどの、茶色の木の葉の焼き印のある葬式マンジュウが描かれていた。

ヘチャプリからの最後の手紙は、ヘチャプリの念願であったランスの教会の壁画を制作中のときのもので、

「……教会の中には足場が組んであって、ヘチャプリはいま、そのテッペンで天井画を描いている。寒いからオシッコがしたくなってハシゴを降りてオシッコにいって、やっと上がって来るとまたオシッコがしたくなるので困る。寒いけど頑張っているよ。この壁画が完成しない内は死んでも死にきれねえ……」

と、はじめて「死」という字が登場している。五尺に満たない小さなヘチャプリ、そして八十歳のヘチャプリにとって、教会の大壁画の制作はどんなに苦しいことだったろう。

「ハシゴを登ったり降りたりしないで、フランスの子供がオシッコをする小さなオマルを置いたらどうかしら？」

という私の手紙には、とうとう返事がないままに、ヘチャプリは八十二歳でチューリッヒの病院で亡くなってしまった。

私はいつか、ランスの「フジタの教会」を訪ねたい。そして、そのときにはヘチャプリの好きだった木の葉の焼き印のついた葬式マンジュウを持ってゆきたいと思っている。

ちょっと描いてみたくなっちゃった

みかけによらず人みしりをするせいか、私はめったに他人の家を訪ねたことがない。五回誘われ、十回誘われてようやく重たいお尻が動きだすという寸法で、自分でもなんと人づきあいが悪く、可愛《かわい》げのない人間だろうか、と反省はするけれど、「むやみと他人の家に入りこむのは、先方にとって迷惑、当方は失礼」という思いが先に立ってしまうのだからしかたがない。

それだけに、数少ない「他人の家」の印象は深く鮮烈でもある。私がつくづく

「面白いな」と、思うのは、人間の顔が個々にちがうように、一人一人がいかにもそれらしい家に住んでいる、ということで、この人の住まいは多分こんな感じだろう、という私の「勘」は大体当たっている。

その中でも、気味が悪いほど私のイメージずばりだった家は、鎌倉の前田青邨先生のお宅だった。

畳の上に紙や絹を置いて描くデリケートな日本画は、なによりも埃《ほこり》を嫌うから、画室は常にチリひとつとどめず清潔に片づいているのは当然だけれど、画室以外の、居間、客間、そして絵ハガキの如き庭のたたずまいまでが、品格、端麗、簡潔な、前田先生の画風そのもので、この御方にはこの住まいしかない、と思えるような閑静優雅なお邸だった。

あるときは広間の床の間を背に、あるときは居間のこたつの中に、ちんまりと、しかし確かな存在感を持って静かに微笑《ほほえ》んでいる前田先生は、私の大好きな方の一人であった。先生よりひとまわり大きい、荻江節の家元である荻江露友夫人を

「オイ、オイ」とコキ使い、辻が花の古代裂《ぎれ》や勾玉《まがたま》などのコレクションを持ち出させては来客の眼を楽しませ、また御自分もじっくりと楽しむのだが、ただボンヤリと眺めている私などとは違って、前田先生の優しい眼の端には、どういう形容の出来ない鋭い光がこもっているような感じがしたものだった。

どういう風の吹きまわしだったか忘れてしまったが、前田先生が、麻布の私の家にひょっこりと遊びにみえたことがあった。私の家は、銀髪に結城の和服姿、内裏雛のような前田先生にははなはだ似つかわしくない西洋ボロ家で、その上、下手の横好きで集めた古道具類がところせましとゴタついていて、程度の悪い古道具屋の物置のようになっている。前田先生の首が動くたびに、私はなんとなく冷汗が出るおもいで身が縮んだ。

ところが、前田先生は帰りがけの玄関さきで、ふと足を停めると、こうおっしゃったのである。

「飾り棚の上の、赤絵のお皿をしばらく貸してくれますか？　ちょっと描いてみたくなっちゃった」

私は仰天した。中国の赤絵のお皿は、私が二十代のころ、つまり敗戦後のどさくさ時代に手に入れたもので、上等品ではないが保存がよかったせいか色も形もまずまずで、私が大切にしていたお皿であった。そんなことはどうでもいいとして、そのお皿ののっている小さな棚は、前田先生のお掛けになった椅子のちょうど真後ろ、それも三メートルほど離れた壁ぎわにあったのに、前田先生は、いったい何時《いつ》、このお皿に眼をとめたのだろう？　画家には後ろにも眼がついているのかしら？　と、私はふしぎでならなかった。

前田家へ御奉公に出した赤絵皿は、半年ばかりでわが家へ戻り、その後どこかの画廊で果物が二つ三つ乗った赤絵の皿の絵を見たことがあって、なつかしい思いがした。

画家の中にはときおり粘土の作品を作る人もあるらしいが、私の知る限りでは、梅原龍三郎先生と前田青邨先生のお二人しかいない。

梅原先生の場合は、雑然として足の踏み場もないようなアトリエの、イーゼルの横のバケツに入った粘土をヤッとばかりに台に乗せ、そこら中に粘土を飛び散らせながらこねくりまわしている内に、なんとなくそれらしい形が出来ていく、という豪快な土いじりだったが、前田先生の場合は、こたつの上に乗せたマナ板程度の板の上ですべてこと足りる、というきれいごとで、白い小さな指先からカメやウサギ、ふくら雀などを象《かたど》った可愛らしい香合がつぎつぎと生まれ出た。

梅原先生と前田先生は、どこからどこまでも両極端にちがっていたけれど、お二人とも「芸術」というたぐいまれな花を持ってこの世に生まれ出た両巨頭だと、私は信じている。

マリー・アントワネット

昭和四十七年。梅原先生は右の眼を手術なさった。虹彩炎から白内障になってからは、梅原先生の言葉によると、「カンバスに向かってもネ、片目しか見えないから、絵の具筆がカンバスに到着する間隔が分からない。筆がついたかと思うとついていないし、筆が空を切ることもあってね。こりゃ、どうかと思うんだ」ということで、チューブから押し出した絵の具を直接人さし指に受けて、もどかしげにカンバスになすりつけたりしていた。それでもなかなかうまくいかなかったらしい。

「絵が描けなけりゃ死んだも同然。死んだほうがマシだ」と、口ぐせのようにおっしゃっていた梅原先生だったから、眼の手術を受けようと決心なさったのは当然かもしれないけれど、八十四歳という高齢ではあるし、もし、手術が失敗したら……と、私は心配だったが、「なに、手術が失敗に終わってもネ、いま現在見えないんだからダメでもともとだ。左の眼はまだ残っているんだから、キミ、心配ないサ」と、私のほうがかえって梅原先生に慰められる始末だった。

入院は十二月。信濃町の慶応病院のスイートに入り、執刀医は桑原安治先生だった。

私はいくじなしだから、ストレッチャーに寝かされた梅原先生が長女の紅良さんと秘書の高久さんにつきそわれて手術室に向かうのを見ていられず、梅原ママと二人で病室に残った。

午後の陽が消え、空が鈍色になり、いよいよ心細くなった頃、ドアにノックがあって、「梅原先生、お戻りになりました」と、看護婦さんが顔をのぞかせた。

全身麻酔なのか、局部麻酔なのか分からないが、ストレッチャーの上の梅原先生は頭から鼻まで白い繃帯《ほうたい》に包まれて身動きもしない。しばらくはベッドに移さず、このまま静かに、ということで、ストレッチャーは部屋の真ん中に安置された。

こうしたとき、梅原ママは決してとり乱したり騒ぎ立てたりはせず、息をつめるようにして立ちすくんでいるが、私はがまんできずすぐにギャーギャー言う。

「先生……先生……」と呼びかけると、脇腹にぴったりとつけていた手がそうっと上がって宙に流れた。

梅原ママの頬がやっと安心したようにゆるんで、ストレッチャーに駆け寄ってその手を握ると、続いてもう一方の手も上がった。私がその手をとらえた。と、突然、梅原先生の唇が動いた。

「マリー・アントワネットがねぇ……」

「えぇッ？」

私はビックリした。マリー・アントワネットがどうしたというのだろう？　マリー・アントワネットというのは、フランスのルイ十六世と結婚して……フランス革命でギロチンにかかって……ああ、そうだ、パンがなければお菓子を食べればいいのに、という名セリフを吐いたっけ……。

私は、マリー・アントワネットに関する記憶の断片を大いそぎで頭の中にかき集めた。

私は、「先生、マリー・アントワネットがどうしたんですか？」とおそるおそる聞いた。

「うむ。マリー・アントワネットはね。ギロチンにかかる前に、無蓋《むがい》馬車に乗せられて、コンコルド広場をひきまわされたっていうよ。ボクはね、この部屋を出て手術室に入ってゆくまで、マリー・アントワネットもこんな気持ちだったかなァ、って思ったサ」

梅原先生はいつもこのように突飛な話をはじめるので驚くが、このときばかりは、マリー・アントワネットと梅原先生のイメージがなかなかジョイントせず、返事のしようがなかった。

手術をした右眼にコンタクトレンズを入れ、分厚いレンズの眼鏡をかけて、先生の眼は一応よみがえった。「山のテッペンの木の小枝まで見えちまう」とか「君の顔が、歌舞伎のクマドリでもしたようにモノスゴク見える」とか「色という色が洗ったようにキレイでキレイでたまらない」とかと大騒ぎで大喜びしているところへ、またまたハクライの大喜びが飛びこんだ。

梅原先生がフランス政府から最高勲章であるコマンドールを授与されたのである。レジオン・ドヌールは既に授与されていて、パリでは、赤いリボンで出来た小さな略章を背広のえりにつけて外出すると、レストランでは最高の席を与えられるし、何処へ行っても尊敬されて、ぐんとサービスが良い。これほどの権威を持つなら勲章も悪くないなあ、と、私は感服したものだった。梅原先生もその威力にはビックリしたらしく、服を着替えるたびに勲章をつけかえるのはメンドクサイと、私たち夫婦がお供をして、パリの市役所のそばの勲章屋へ略章を六個買いに行って、全部の上衣につけたことがあった。

梅原先生の、パリの定宿は、チュイルリー公園に近い、「ホテル・ムリス」だったが、このホテルの従業員は、梅原先生を「猊下《げいか》」という敬称で呼んでいた。「猊下」の猊は獅子の意味で、すぐれた人物を百獣の王としてたたえる尊称である。その上、最高勲章のコマンドールを授与されたなら、梅原先生はいったい何と呼ばれるのか知らないが、梅原先生はどう見てもキリンやペガサスやドラゴンではなく、やはりライオンの感じがある。

薔薇

梅原龍三郎先生が亡くなって、もう五年余りが過ぎた。わが家の居間に飾ってある先生のパレットと絵筆を持ったブロンズを、私は毎日眺めて暮らしている。思い出は日々遠くなる、というけれど、日が経つにつれて先生が懐かしくてならない。

梅原先生との四十年間のおつきあいは、私が母と暮らした歳月よりも、夫と過ごした歳月よりも長い。先生の思い出もまたいちばん多く、そして深く、私の心の中に大きな石のようにどっかりと座りこんでいて動かない。

とくに、私の眼に貼りついているのは、男性にしては小ぶりだが肉厚で、爪の間に油絵の具がこびりついた梅原先生の左手である。

「ボクは両刀づかいでネ、どっちの手も使えるんだ」

と、おっしゃりながらも、お仕事のときは必ず左手に絵筆を持った。が、私の思い出にあるのは、仕事中の、おそろしい速さと力強さで動きまわる左手ではない。梅原先生を知る人ならあるいは気づいたかもしれないけれど、先生の左手は仕事以外のときも、ほとんど間断なく動いていた。左の手首が、指が、右から左へ左から右へ、ゆっくりと、あるいは速く、丸く、丸く、丸く円を描くように動いていた。よく、テーブルの上や膝に置いた手を神経質に動かす癖のある人がいるけれど、そういう動きとは全くちがう独特な動きで、その指先に「ハイ、先生」と、コンテを持たせたくなるような動きかただった。卓上のバラの花に目をやるとき、または話し相手の顔を見ているとき、いや、ぼんやりと首をかしげているようなときでも、左手だけはひそかに円を描いていた。つまり、先生の眼は、何も見ていないようなときでも「何か」を瞠《みつ》めている、ということだったのだろう。だから私は、先生の手首の動きに気づいたときは、なるべくお喋《しゃべ》りを控えるようにしていた。「先生はいま、話をしているのではなくて絵を描いているのだ」と思ったからである。

梅原先生は九十七歳で亡くなられたが、その三年ほど前から急に体力を失いはじめ、もっこりと肉厚だった掌まで小さくなって、絵筆を握る元気もなくなった。そして以来、先生の左手はとうとう空に円を描くこともなくなってしまった。

ベッドの上や椅子の上、膝の上に、投げ出されたように静止している左手を見るたびに、

「画《え》かきはネ、画が描けなくなったら死んだほうがマシだ」

と、口癖のようにおっしゃっていた梅原先生の魂が、少しずつ肉体から抜け出してゆくのをみるようで、私は心底悲しかった。

わが家の居間の大理石のテーブルの上に、まだお元気だったころの梅原先生のブロンズの左手がある。先細りの指の先の丈夫そうな爪。ジャンボハンバーガーのように厚い掌。三本の指にはさまれた絵の具筆は、いまにもカンバスの上を走りまわりそうだ。

さて、絵筆の先から生まれてくるのは何の絵かしら？　細く、太く、薄く、濃く、微妙に円の重なった、真紅のバラの花かしら？

梅原先生が絵をお描きになるときに発する「ウッ、ウッ」という掛け声が聞こえてくるような気がする。

翡　翠

十一月十四日。

私はその日、上野発十二時の東北新幹線で仙台へ行く予定だった。スーツケースの点検や身支度をしながら「できれば上野動物園の裏にある円地文子先生のお宅へ寄って、チラッとお顔を見てゆこう。先だっての電話では美味《おい》しい卵焼きを持って行くって約束をしたけれど、お目当てのすし屋はまだ店を開けていない。ま、卵焼きはこの次ということにして今日はコンチハだけでおいとましよう」と私は思っていた。

使いに出ていた車が帰るのを待ち兼ねるようにして私は出かけた。

「上野へ行って」

「上野っていえば、円地先生が亡くなりました。いまラジオで聞いたばかりです。今朝七時に亡くなったそうです」

頭の中に、白いモヤがかかったようになって、私は絶句した。いきなり平手打ちでもくらったような妙な気持ちだった。

私は花屋へ飛びこんで、白菊の枕花を整えてもらって再び車に駆けこんだ。両手で抱えている白菊を瞠《みつ》めながら、

「卵焼きが白菊になるなんて、卵焼きが白菊になるなんて」

と、アホウのようにくり返していた。

「玄関さきに出るとね、象の鳴き声が聞こえるの、ホントなんだから……」と、円地先生がおっしゃっていたその玄関さきに着いたのは十一時ごろだったろうか。

一人娘のお嬢さんが玄関の掃除の最中で、上がりがまちにはお嬢さんの御主人らしい男性が立っていて、他に人影もなかった。白菊を置いて頭を下げ、帰ろうとする私に「どうぞ、顔を見てやってください。望み通りの安らかな亡くなりかたでした。まるで眠っているような顔ですから」という言葉が追いかけてきた。

私はどんな知人友人でも死顔だけは見ないことにしている。死顔を胸の中にしまいこんでおくほどの勇気が私にはないからだ。けれど、もし、いまから四時間早かったら、生きている円地先生にお会いできたのに、という未練が私に靴を脱がせた。

胸の上に小さなナイフを置いた円地先生は、ベッドにちんまりと納まったまま、動かない。コートも脱がずにつっ立っている私の頭に再び白いモヤがかかり、額がすうっと冷たくなった。持病の貧血の前兆である。

「すみません、帰ります、気分が悪いのです」

私はそれだけ言うと、表に飛び出して車に這《は》いこんで横になった。耳の中がシュンシュンと鳴っていた。

後に聞いたことだが、円地先生が亡くなる三カ月ほど前に、指から離したことのない翡翠の指輪が不意に二つに割れたという。家族の胸に不安が走り、ただちに修理に出した。指輪は間もなく先生の指に戻ったが、先生の顔は晴れなかった、という。「あの翡翠だ」。私はあの緑のしずくのような色を思い浮かべた。

昭和五十五年の春、円地先生と私はホノルルへ旅行をした。先生はワイキキのリージェントホテルに宿泊、私はアラモアナのアパート暮らしだった。到着の翌朝早く、時差ボケでうとうとしている枕もとで電話のベルが鳴り続けた。

「お早よう、高峰サン」

「あ、円地先生、もうお目ざめですか?」

「私、朝は早いの。あのね、私の部屋は二十九階なの。ここから飛び降りたら、ラクに死ねると思って、いまずっと下を見下ろしていたところ」

「なんですって?　ヘンなこと言わないでください」

「それなら来てよ、あなた。私、淋しいわよ一人で」

「はい、すぐ伺います、待っててくださいよ」

タクシーで駆けつけた円地先生の部屋の机の上には、書きかけの原稿用紙が広げられ、太めのサインペンと拡大鏡が転がっていた。「二十九階のラナイ（ベランダ）から飛び降りたら……」は冗談としても、七十余歳のホテルの一人暮らしである。「淋しいわよ」は本音かもしれない、と、私は少し心配になった。

「どなたかお連れさんを招《よ》んだらどうですか？」

と、いくらすすめても、円地先生は、まるでお嬢ちゃんがイヤイヤをするように首を振るばかりで返事がない。私は根負けして、明日からの予定を立てはじめた。

朝食は、買いおきのパンや果物ですませて、九時から十時までの間に私が迎えに行く。ランチはワリカン。夕食は私の手料理でアパートですませ、帰りはタクシーでホテルまで送って行く。円地先生ははじめて「コクリ」とうなずいた。

私がアパートの台所で夕食の支度をしている間中、円地先生はきまってカウンターに両肘《ひじ》をのせて頬杖をつき、私の背中に向かってとりとめのないお喋りをした。

「私、台所仕事したことないの」

「先生の部屋を見れば分かりますよ。スーツケースは開けっ放し、ベッドにストッキングが片っ方ひっかかってて、もう片っ方はバスルームだもの」

「あなた、紫、好き？」

「紫色ですか？　好きですよ」

「私、紫色の上等の紗《しゃ》の着物持って来たの、帰りに置いてゆこうか」

「いりません。第一、先生はチビだから寸法が合わない」

「あなただって小さいほうよ。私、大女は大嫌い。女はね、こぢんまりと小さくて、男の胸の中にスッポリと入るようなのがいいのよ」

とつぜんに、作家円地文子の世界がせり上がってくるような台詞《せりふ》を聞いて、私は思わずふりかえった。

その眼の前に、先生の片方の手が突き出された。

「この指輪はね、私が娘のころに父が買ってくれたのよ。いいでしょ？」

「いい翡翠《いし》だけど……周《まわ》りが汚れてますね、これじゃ文字通りの台なしだ。洗濯してあげる」

私は、バスルームから持ってきた新しい歯ブラシにたっぷりと石鹸をつけて、翡翠を囲んでいるダイヤの間の汚れを落とし、お湯ですすいでティッシュペーパーで拭いた。

指輪は、まるで甦《よみがえ》ったようにカウンターの上で輝いた。

「きれいになった。ほんと、きれいになった」。視力の薄い両眼を指輪に押しつけるようにして、翡翠に見入っている円地先生は、まるであどけない少女のようだった。

「お会いしたいの。お話があるのよ、待ってるわよ」

という円地先生の電話の声が、いまでもはっきりと私の耳に残っている。お話とは、いったいなんだったのか。もしかしたら、私が洗濯をした翡翠の指輪のことだったかもしれない。それを聞いてみたくても、もう、円地先生はいない。

甘茶でカップリ

雑誌の対談で「斎藤輝子さん」にお会いした。輝子夫人は斎藤茂吉先生の未亡人で、精神科医の斎藤茂太先生、作家の北杜夫先生のお母様である。

輝子夫人は今年八十五歳だそうだけれど、背すじがシャンとのび、明朗闊達で、信じられないほど若々しい。輝子夫人の旅行好きはつとに有名、それも年をふるに従って回数も頻繁になり、たった一人でセッセと海外旅行にお出かけになる。その対談のあくる日も単身オーストラリアへご出発とのことだった。

「なぜ、そんなに海外に行かれるんですか？　茂太先生のようにヒコーキがお好きなのですか？」

という私の質問に、ちょっと意外な答えがハネ返ってきた。

「私はね、ヒコーキが好きというわけじゃないの。ただ、ヒコーキ事故でポンと死にたいためにヒコーキに乗るの。日本でダラダラと長患いをして人に迷惑をかけて死ぬのはイヤなのよ。でも、そう思うとヒコーキってなかなか落ちてくれないものなのね、何度乗っても日本へ帰って来ちゃうのよ」

輝子夫人はガッカリしたような顔をして溜息をつかれた。私自身も五十歳をすぎて、そろそろ「死」について考えるようになっている。「私はいったい、何歳で、どんな死にザマをするのだろう？　出来得れば恍惚の人にだけはなりたくないし、寝たきり老人になって人様に迷惑はかけたくない。理想的なのは飛行機事故で痛いも痒《かゆ》いもなく、アッという間に死にたいものだ」と、思っていたので、思わず、「同感、ケケケ」と笑ってしまった。そして私は、わが敬愛する「梅原龍三郎画伯」との会話の数々を思い出した。

梅原先生が「死」に関する話題を弄《もてあそ》ぶようになったのは、八十歳のころからだ。

「秀子サン。ボクはもう生きることがくたびれてきたよ。ボクの重荷はおばァ（梅原艶子夫人）だけだ。カプリ島のね、あるところに断崖絶壁があってね、昔そこにたいへんな暴君の王様が住んでいて、その崖から美女を投げこんでは、女が海に落ちるドボーンという音を聞くのが趣味だったらしい。カプリ島は少々遠いけれど、ボクはおばァをそこに連れていって、突き飛ばしてやろうか、と思っているのサ。うまくドボーンと落ちてくれたら、ボクは、カップリ、カップリ、甘茶でカップリって踊りながら帰って来ちゃうの、でも崖の途中の木の枝なんかにひっかかって、助けてエ！　なんて言われたら、困るなァ……」

梅原先生は、甘茶でカップリがよほど気に入ったらしく、ほどよくお酒が入ると、よくこの話をくり返しては「ヒッヒッ」と笑った。

カプリ島で艶子夫人を片づけたあともまた大変だ。

「ボクはね、どうやってうまく死のうか、と、それればかり考えているのサ。三島由紀夫みたいにハラを切って、おまけに首をちょん切られて血だらけになるのは好みではない。一番美しい死にかたは絶食して干物になるのがカッコいいけれど、しかしねェ、一週間も絶食してモノを食ったら、ウナギもトロもさぞ美味しいだろうから、やっぱり絶食はダメかなァ。確実に死ねるのは首吊りだろうけど、椅子かなんかに乗らなければ首は吊れない。このトシになると、椅子を蹴っとばす体力はもうないヨ。どうしたものだろう？」

私はニコリともせずに言った。

「そのときは、私が椅子を蹴っとばしてあげます。いつでもお手伝いします。じゃ、今日はもう帰ります。サヨーナラ」

次の日、梅原先生から電話が入った。

「秀子サン。いろいろ考えたけど、キミが椅子を蹴とばすと、自殺幇助罪になるかもしれない。生きてるキミに迷惑をかけるのはワルイから、首吊りはやめておこう」

「ああ、そうですか」

「でね、首吊りはともかくとして、キミはしょっちゅう美味しいモノを食いに香港へゆくだろう?」

「ハイ、行きますよ」

「中国人の友だちがいるのかね?」

「ハイ、いますよ」

「ボクはね、この世の名残に、いっぺんでいいから阿片というものを吸ってみたいと思ってるんだ、キミがその友だちに頼んだら、阿片は手に入るだろう?」

冗談ではない。いくら梅原大先生のためとはいえ阿片の密輸入者にだけはなりたくない。私はハッキリとお断りした。先年、艶子夫人は、カプリ島ではなく、ちょっとした「風邪」がもとで呆気《あっけ》なくあの世へ旅立ってしまわれた。そのショックのせいか、梅原先生の「自殺の相談」はしばらく跡絶《とだ》えていたけれど、ごく最近のはスゴかった。

「秀子サン。青酸カリは手に入らないかな」

「入らない」

「ほんのちょっぴりでもいいんだが」

「ちょっぴりでも入らない」

「キミが持って来て、ボクがのむ。ボクは死んじまうんだから、キミさえ人に言わなければ誰にも分かりゃしないよ。ホラ、死人に口なしって言うじゃないか、ヒヒヒ」

「――」

日本一の画家である偉大な梅原先生とは、もう三十年越しのおつきあいである。梅原先生と私のようなチンピラ女の間に、共通の話題などあろうはずがなく、他人は、いったい二人はどんなつきあいなのか？　と不思議に思うかもしれないが、二人の会話はこのような他愛のないことばかりである。私にオドシをかけてからかうのが、梅原先生のレクリエーションになっているらしい。目下は専《もっぱ》ら「安楽死」にご熱心のようである。

「今度こそ、空中分解ってわけにはいかないかしら?」

「ご成功を祈ります」

と言ってお別れをした輝子夫人は、相変わらずご無事でオーストラリアからご帰国になったという。いまごろは世界地図を眺めて、次の旅行先でも物色中かもしれない。

人間、長生きをする、ということは喜んでばかりもいられないらしい。今度、輝子夫人にお会いするときの、私のセリフは決まっている。

「旅は道づれ、とか言いますけど、死にたくもないのに飛行機事故の道づれになるのはあまり嬉しくございません。これからでも遅くはありませんから飛行機の操縦をお習いになったら如何《いかが》ですか?　そして飛行機を一台お買いになって、初飛行のときは是非、梅原画伯をご招待ください。梅原画伯はきっとお喜びになるでしょう。私？……私は、お見送りだけさせていただきます」と、申しあげようと思っている。


この文章を書いたのは、梅原先生が亡くなる三年前だった。カプリ島にあこがれ、青酸カリにこだわり、安楽死にご熱心だった梅原先生は、昭和六十一年の冬、ゆっくりと巨木が倒れるようにして、人生の幕を閉じてしまわれた。晩年、病床にあったとき、何かの拍子に私がジレて、

「先生、いったい、どこが、どう悪いの？　どこが痛いの！　言って頂戴！」

と、聞いたときの、先生の答えは壮絶だった。

「なに、悪いといえばどこもかしこも悪い。痛いと思えばどこもかしこもみな痛い、しかし、悪くないと思えばどこも悪くないし、痛くないと思えばどこも痛くないサ」

いまの日本に、こんなに立派で潔い男性がいるだろうか？　心に甘えがあるとき、心が弱っているとき、しなびているとき、梅原先生の最後の言葉になったこの一言が、いまも私の耳によみがえってくる。

「秀子サン、悪くないと思えばどこも悪くない。痛くないと思えばどこも痛くないのだよ」

人間たらし

結論から言ってしまえば、私たち夫婦にとっての司馬遼太郎先生は、大げさではなく「生き甲斐」ともいえる御方だと思う。

人間は誰でも、ただ、その人と同時代に生まれたこと、その人と同じ空の下で同じ空気を吸っているのだ、と思うだけで心の支えになる、というアラヒトガミを心に持っていると思う。

司馬先生もまた、お目にかかれるのは一年に数えるほどだが、そんなことはどうでもよいことで、私たち夫婦の日常会話の中で、なにかにつけて、「司馬先生なら、きっと……」とか、「みどり夫人だったら……」などと、いと親しげにお名前を口にするだけで、ああ、とっても倖せ。太宰治のカチカチ山の狸の台詞ではないけれど、「惚れたが悪いか！」と、ひらき直っている心境である。

司馬先生の、どこがどう素晴らしいのか？　ということは、司馬先生を知る諸氏先生がたがウンザリするほど喋り、書いていられるので、私なんかがいまさら粗末な文章をひねくりまわしてもはじまらない。

ただ、なにゆえにこういう羽目になっちまったか、というキッカケだけ書けば充分ではないか、と思う。

昭和五十三年の春。中国ではじめて廬山が開放されたのを機に、桑原武夫、小川環樹、橋本峰雄、の諸先生、そして司馬遼太郎先生御夫妻の一行が中国を訪問されることになり、なぜか私ども夫婦もその末席に連らなる光栄に恵まれたのだった。

上海、蘇州、廬山、南昌、広州、と、二週間余りの日々は、楽しいことも楽しかったが、毎夜の「感想会」で先生がたの会話を聞いているだけで、万金の月謝を積んでも入れない教室に迷い込んだ如く、勉強になった。

あっという間に旅は終わり、一行は香港で解散した。別れは淋しい。ことに司馬先生御夫妻とはこれきりお目にかかる機会がないにちがいない……。けれど、そういう私たちの心を見ぬくかのように、司馬先生が例のやわらかい口調でこうのたもうたのである。

「旅には終わりがありますなァ。でも、あなたがたとは、これが旅のはじまりだっていう気がするんだ」

どうやら私たち夫婦はこの瞬間に、カチカチ山の狸になってしまったようである。

あぁ、この見事な、すさまじいほどの殺し文句。吉行淳之介といえども到底及ぶものではない。もしかしたら、司馬先生は「女たらし」ではなくて「人間たらし」の達人なのかもしれない。

「旅のはじまり……」などというロマンティックなご自分の台詞に責任を感じてか、仕事以外の旅に出る時間など全くない司馬先生御夫妻が、どこから時間をひねり出したのか、あまり頼りにならない私ども親衛隊をお供にハワイはホノルルへお出かけになったことがあった。司馬先生のおそばにはべるだけでしあわせ一杯というミーハーの私は、グリコのマークの如くただバンザイだけれど、爽《さわ》やかな風だけが取り柄であとは何ちゅうこともない俗っぽい観光地と司馬遼太郎大先生とはなんとなくそぐわなく、私は出発前から少々心配だった。

案の定、ホノルルはシェラトンホテルのスイートルームにチェックインした司馬先生の表情には、心なしか戸惑いの色が見えたようだった。ホノルルで司馬先生の興味をひきそうなところと言えば、ビショップミュージアムとハワイ大学の図書館ぐらいだろう。とにかくハワイという島は、浮世のウサを忘れてアホになりに来るところなのだ。アホにはなれず、酒のみでも食いしんぼうでもなく、ゴルフも水泳もなさらず、ショッピングなどカンケイない司馬先生を、いったいどう取り扱うべきか？……。まさかわがアパートの棚の上に乗せておくわけにもゆかないし……。

突然、わが夫・ドッコイが、アパートの玄関わきの物置からビーチ用の椅子をひっぱり出した。

「司馬先生を、海の見えるアラモアナパークへお連れしよう。この椅子に座っていただいて、しばらくの間一人っきりにしてさしあげよう。僕たちはショッピングに行って来ます、と言って消えればいい」

ビーチチェアをかついだ夫・ドッコイを先頭に、司馬遼太郎とその楽団はアラモアナパークへ向かった。緑のじゅうたんを敷きつめたような美しく静かな公園には、枝をいっぱいに広げた見事な大木が点々と美しい影を作っている。夫は一番大きい木の陰にしっかりとビーチチェアを据えた。

二時間後、両手に買物袋をぶら下げた私たちは再び公園に戻った。緑の中に、司馬先生の銀髪が風にそよいでいた。

「よかったよ、一人にしておいてくれて。おかげで次の仕事の構想が全部できた。(あとで聞いたら、『菜の花の沖』のことだった)」

ニッコリとした司馬先生を見て、夫もニッコリと嬉しそうだった。

夫・ドッコイは司馬先生を「動く百科事典」と呼び、先生に向かい合うと自分がチリ、アクタに思えて身体がすくむ、と畏敬の念に震えているが、一歩仕事をはなれたときの司馬先生は、やはり人の子、珍談、奇談にこと欠かない。

司馬先生は大阪の郊外住いである。そして、月に一度ほどは東京へご来駕になる。早朝に出発というときは、前日の夜にみどり夫人が衣服をはじめ用意万端整えておく習慣らしい。

ある朝、みどり夫人が洋服を着ようとすると、たしかに昨夜出しておいたスェーターがない。どこを探しても出てこないので、あわてて他のスェーターを着用して東京行きの新幹線に飛び乗った。常宿のホテルオークラに落ちつき、司馬先生がトックリのスェーターを脱ぐと、その下にどうしたことか、みどり夫人が探していたスェーターも着こんでいらした、という。よくまァ、暑くなかったものである。


これは、新幹線の車中でのお話。

ふっと席を立たれた司馬先生がいつまで経っても戻らない。「トイレか、それとも煙草でも買いに……」と思っていたみどり夫人は、少々心配になってきた。隣の車両へ行ってみると、先生が窓外を眺めながらお弁当を召し上がっている。

「どうしたんですか？」

「どうしたって……弁当があったから喰ってる」

「私たちの席は、お隣の車両ですよ」

「？」

目の前に一人の男性が立ち停《どま》った。

「ここ、私の席なんですが。アッ、それは私の弁当です！」

ほとんどカラになった弁当箱を抱えたまま、さすがの司馬先生も絶句した、という。

オランダのホテルにて。

「一足先に食堂へ行ってる」という司馬先生を追いかけて、食堂に入ってみると、先生は早くも朝食の真っ最中。なんだか様子がヘンなので、よく見れば、そこらへんに喰べ散らかしたオムレツの皿とか飲み残したコーヒーカップなどがちらばっている。どうやら先客が立ち去ったあとのテーブルらしく、司馬先生はスイとそこに腰をおろしてバスケットに残ったパンをムシャムシャやっていたらしい。こんな事態のときには、どういう朝食代の払いかたをしたらいいものか、とお供の者は頭を抱えたが、司馬先生は口をモグモグさせながら、テンとして動じる様子もなかった、という。やはり、常人を越えた「達人」とでもいうのだろう。

しかし、司馬先生といえども天は二物を与えなかった。頭の中は健康優良児でも、肉体的にはいささかのハンディがある。それは、この世の美味といわれているカニ、エビ、の類を食すと、ただちにジンマシンがおきる、という哀れな体質を持っていられることだ。だから司馬先生と囲む食膳にはエビとカニは出現しない。

あのとてつもない銀髪は、きっとエビ、カニの恨みの現れだ、と私は思っている。

「アンノー」という人

世の中、麻の如く乱れ、人心荒れ果てて、毎日が砂を噛むようで味けない。その上、自分がトシをとって鈍感になったせいか「やったァ」とＶサイン（これもやだねぇ）を出すような心たのしいニュースなどめったに聞かない。

外へ出れば出たで不愉快なことばかり、狂言の台詞よろしく、「ええい、腹立ちゃ、腹立ちゃ」と、じだんだ踏んで舞い戻り、家の中でジッとしゃがんでいるより他はない。猫でもいれば蹴とばしてやろうか、と思うけれど、我が家に猫はいないし、最近めっきり体力の落ちた亭主を蹴とばして骨折でもされたら、他にかけがえがないからこれは止めておく。

「アンノー」

「安野先生、へえ珍しい。日本国にいらしたんですか」

「いなかったけど、帰ってきた」

「その後、ギックリ腰はどうですか？」

「まだ痛いのよォ。あのね、今日はちょっとニュース。高峰サンは喜んでくれると思って、第一番にご報告」

「なんですか？」

「司馬遼太郎先生のね、〝街道をゆく〟のさし絵、ボク、画くの」

「よかったなァ、楽しみだなァ、近頃バツグンのニュースです」

「高峰サン、司馬さんのファンでしょ？　ボクもなんだァ、ウヒヒ」

受話器の向こうで、少年のようにはにかんでいる安野画伯の顔が見えるようで、なんとも嬉しい電話だった。Ｖサインである。

当代ピカ一、私の敬愛する両先生が、ひとつの仕事を一緒に作り上げる……。しがない一ファンの私にとって、こんなに楽しいことはないけれど、いや、待てよ、である。

司馬遼太郎先生は美男である（いささか蒙古風）。例の銀髪は、床屋のトリートメントのおかげとやらで何時もプラチナの如く輝き、白いタートルネックに替上衣、または背広の三つ揃いとバッチリきめていて、私は、スポーツシャツのボタンを外した司馬先生を一度も見たことがない。相当なおしゃれ紳士である。

安野光雅画伯も美男である（いささかインディアン風）。しかし、髪はモジャモジャ、シャツはよれよれ、今様のすり切れジーンズにはズボン吊りがついているが、肩が張るのかズボン吊りを外すクセがある。ズボン吊りを外すと大きなお腹がせり出してきて、シャツがはじけておヘソが現れる。あまり長いとはいえない足でアグラをかいて、丼めしなどカッ喰らう姿は、年をとった金太郎のようで、まあ、愛らしいといえば愛らしいが、一見して紳士というわけにはゆかない。

そういえば、以前に「街道をゆく」のさし絵を担当なさっていた須田剋太画伯も、オカッパヘアスタイルに、御自分がデザインなさったという、十個余りのポケットがついた奇妙なデニムのつなぎがトレードマークになっていたのだから、安野画伯のおヘソを見たくらいでビックリなさる司馬先生でもない。ゆったりじっくりの司馬先生と並んで、セカセカチョコチョコと歩いている安野画伯を思い浮かべるだけで、なんとなく楽しくなってしまうのは、やはり人徳というものなのだろう。

安野画伯との初対面は、十余年も前のことである。昭和五十一年に、朝日新聞社から『私の渡世日記』という、私のヤクザな本が出版された。『週刊朝日』に一年間連載された、私の半生記のような雑文で、上下二冊の単行本として出版されたのだが、たまたま、当時、ＮＨＫに番組のコーナーを持っておられた安野画伯のお目にとまったらしい。安野光雅著『空想工房』（一九九一年、平凡社）の

「秀子の幻影」という文章の中に「……わたしは新幹線の中であれを読みなおしていて、大阪でおりるところを神戸まで行ってしまったことがある……」と、ちゃんと書いてあるからウソではない。そして、NHKから、画伯のお相手としてお声が掛かった、という次第である。

「安野光雅ちゅう方は、島根県津和野の出身。以前は教師をしていて、最近、日本人ばなれしたユニークな画家として、めきめきと台頭中。素晴らしい方ですよ」と、NHKのプロデューサーが教えてくれた。

そう言われれば、私も書店で『ABCの本』とか「だまし絵の本」の、これまで見たことのないような、一種独特の画風に心ひかれたことがあったっけ……。

さて、NHKのビデオ撮りの当日。「光雅」というやんごとなき名前と、モダンで優しくてユーモアの溢れた画調から、イメージとしては立原正秋、宮本三郎風のスッキリとした美い《い》男かも？……と想像していた私の前に、「アンノでーす」と、ズバリ言わせてもらうなら背広を着た熊の子みたいなオッチャンが現れたのにはビックリした。ヘアスタイルは現在《いま》ほどひどくなく、モジャモジャの「モジャ」くらいだが、上衣のボタンが一個かけちがっていてネクタイがひん曲がっている。私は自己紹介もそこそこに、思わず駆け寄って上衣のボタンを外してネクタイを直した。

安野画伯のほうも、いくら五十すぎのバアさんとはいえ、いきなり飛びつかれて仰天したのだろう、「ドーモドーモ」と頭に手をやった。熊の子なんて、失礼なことを書いたかもしれないが、安野画伯の眼は丸くて愛らしくてまっすぐで、本当に熊の赤ん坊の眼に似ているのだからしかたがない。

初対面が少々常軌を逸していたので、かんじんの対談では何をどう喋ったのやらまったくおぼえていず、ただ安野画伯の含羞《がんしゅう》をたたえた柔らかい笑顔だけが記憶に残っている。

その対談がキッカケとなって、熊の子と、古狸のような私の、マンガチックな交流がはじまった。

我が家には「電話」がある。が、その電話を私は、仕事に関する用件と、よほどの必要がない限りめったに使ったことがない。これは私の人づきあいの悪さ、素気なさ、無愛想な性格によることもあるだろうが、私は、電話を一種の凶器だと思っているからだ。入浴中、または天プラを揚げている最中、トイレでお尻をまくったとたんとか、風邪ひきでベッドに転がりこんでいるときの「ルルルル」は、悪魔の来訪だと思っているから、「こんにちは、いいお天気ねぇ、その後どうォ？」などという電話はいっさい掛けないことにしている。

今は亡き有吉佐和子女史は、相当の電話魔だった。私どものような自由業は、年中フラフラと外をほっつきまわっているから、夜の十一時前後は在宅の確率が高い。十一時から十二時の間の「ルルルル」は、たいてい有吉女史からの電話だった。

有吉さんの電話に「モシモシ」は無い。

「私、アリヨシ。あのねぇ……」

という声が聞こえると、私はドッコラショとベッドから起き上がって、寝巻きの上にガウンなど羽織って態勢を整える。長期戦に備えるためである。

「娘がね、一日中ガンガン音楽をかけてて、私、仕事ができないの。どこかにアパート借りようと思うけど、どこかいいとこないかしら？」

「私、立ちくらみがするの、もうすぐ眼が見えなくなるんじゃないかなァ、高峰サンどう思う？　私の眼」

「週刊誌がね、私のこと江青《ジャンチン》だなんて書いたのよ、腹が立って腹が立って。どうして私、こんなにイジメられるの？　え、高峰サン」

「私、睡眠薬が無くなっちゃった。睡眠薬がないと私、眠れなくて仕事ができないわよ、どうしてくれる？　高峰サン睡眠薬持ってたら頂戴よ、百錠でいいから」

というような話がまず三十分以上は続く。どれもこれも簡単に即答のできない問題ばかりだから、私はなんとかお茶を濁そうとして「フーン」とか「アラアラ」とか生返事をしていると、「高峰サンッ！　聞いてるのッ？」と、突然、ボルテージが上がって、怒声になる。

「でも、私には解決できませんよ、どれもこれも」

「できますよ、できると思うから電話を掛けてるんでしょ？　ホラ、いつかメキシコへ行ったとき、飛行機の中で私が〝仁丹ちょうだい〟って言ったら、サッと仁丹出してくれたじゃない。メキシコのホテルで私が熱出してひっくり返ったとき、あんなに親切に介抱してくれたじゃない、忘れたの？　私、あれ以来高峰さんを信用してるんだから、しようがないわよ」

他人《ひと》に親切にするのもホドホドにしておくべし、という教訓である。

私は、仕事部屋を借りる代わりに、ホテルオークラの一室を推薦し、信濃町の病院の眼科へ案内し（老眼と乱視だった）、あちこちへ手をまわして睡眠薬をかき集め、と、電話のたびに有吉女史に振りまわされた。

しかし、いま考えてみると、有吉さんは意外と淋しい人だったのかもしれない、と思う。若い頃から文壇の才女などと騒がれて、一見華やかには見えても、有吉さんの中の孤独の芽は坂道を転がり落ちる雪ダルマのように大きくなるばかり、根が育ちのいいお嬢さんゆえに意識して自分を低きに置く、という才覚もなく、満たされぬ思いを仕事でとすぐに向けようと思っても、精神状態が不安定であれば仕事にも自信が持てなくなる……。そうしたイライラが、ダダをこねる幼女のような、夜中の「ルルルル」になって私の耳に飛んできたのかもしれない。

いつだったか、道の真ン中でパッタリとゆき会ったので、喫茶店でお茶を飲んだことがあった。胸もとに、小粒のダイヤをちりばめた金のくさりが光っていた。

「これ、買ったの。有吉佐和子がこのくらいのもの買ってもいいと思って……でも、誰も褒《ほ》めてくれないの。有吉佐和子はこんなものを買っちゃいけない？　高峰サンどう思う？　でも、これ綺麗でしょ？　高峰サン、褒めて」

「綺麗よ。有吉佐和子だもの、何を買おうと勝手じゃないの。有吉さんがつきあうのは編集部の男性くらいでしょ？　ネックレスなんか気がつきやしないのよ。

野郎たち……」

私は、喋っているうちに、なんだか涙が出そうになった。おどおどして、正直で、可愛らしい、有吉さんのこんな面を、いったい何人の人が知っているだろう？ それにしても、有吉さんの神経がちょっと疲れているのではないか？ と、少し心配だった。

有吉さんからの電話は、もう掛かってこない。少し……じゃなく、とても淋しい。

「ルルルル」と、電話が鳴る。

「ハイ、松山です」

「アンノー」

「おや、スペインだって聞いたけど」

「帰ってきたばかりなんだけど、おみやげを早く渡さなきゃ、って気がせいて」

「なんだべ？」

「サフラン」

「サフラン？　あれ高いのよねぇ。でも、サフランライス大好き……今、どちら？」

「仕事場」

「忙しいんでしょ？　運転手サンに取りにいってもらいますから、渡してね、どうもありがと」

黄金のスパイスと珍重される「サフラン」は、スペイン生まれである。

サフランは「クロッカス」というにうす紫色の花のめしべから垂れ下がる、三本の赤い糸クズのようなもので、これをそうッとつまみ取って乾燥させてスパイスとして用いる。独特な芳香と、あざやかな黄色のサフランは、ブイヤベースやパエリアには欠かせないスパイスだが、小指の先ほどの瓶の底に十五、六本のサフランがへばりついているだけで二千円もするのだから、ビックリするようなお値段である。

『ハーブ事典』をひもどけば、なるほど高価なのは当然で「四百五十グラムのサフランを作るには約二十万本以上の『柱頭』が要る」という。サフランの開花期間は一年のうちのたった二週間、その間に見渡す限りの紫色の畑を走りまわって花をつみ取り、柱頭を採集して乾燥する人々の労力は大変なものだろう。日本では、カレー専門店でサフランライスと注文しても、たいていは味も香りもなく黄色に着色された御飯で、私はいつもガッカリする。でも、スペイン帰りの「アンノー」のおみやげは絶対に本物のサフランに違いない。そうだ、今晩はチキンカレーを作って、サフランライスを炊こう。私は早速、人参や玉ネギ、じゃがいもを刻みはじめた。

一時間後、運転手サンが帰ってきた。手渡された袋を開けてみると、チューリップの球根と、ハーブの種の入った袋が出てきて……かんじんの「サフラン」が見当たらない。

なんせ彼《か》の人は、スケッチブックを持つのを忘れてスケッチ旅行に行ってしまう人だから、チューリップの球根を袋に入れている間にサフランのことはポンと忘れてしまったのかもしれない。「もう一度使いを出すのもヘンなものだし……」とぶつくさ言っているところへ「ルルルル」ときた。

「アンノー。もう運転手サン帰った？」

「帰ったけど、サフランありませんでした」

「サフラン、ここにあります。エヘヘ。今ね、何だかゴロゴロするものを踏ンづけたんで、机の下を覗いたらサフランの瓶が転がってたのよォ」

あーあ。サフランライスはひとまず中止にして、ありあわせのオカズで夕食を、というところへ、「アンノー」がふうふう言いながら現れた。キンカンくらいの瓶に赤い絹糸のようなサフランがギッシリとつまっている。私は一瞬にしてサフラン大尽になった。

ちょうど、ご飯が炊き上がるところである。「サフランを置いたらトンボ帰りで仕事場へ戻らなきゃ」というのをひき止め、無理矢理食卓にひき据えて、私はアッアツのご飯をよそった。

安野画伯の仕事場は、新宿の繁華街にある。一歩外へ出れば何でも食べられる便利な場所だが、早朝に仕事場へ入ったら最後、食事の時間も忘れて、というより、食事をする間もないほど、仕事に追われっ放しのようである。だから「アンノー」はいつでもおなかをへらしているのである。

松山と向かいあって、ハフハフとご飯をかっこんでいる「アンノー」を横目で見ながら、私は急いでお弁当を作った。これから仕事場に戻れば徹夜になるに決まっている。ご飯の真ン中に梅干をギュウと押しこみ、そこら辺にあるものをチョコチョコとつめこんだ粗末な弁当でも、無いよりはましかもしれず、朝食の役に立つかもしれない、と思ったからだ。

夕食のあと片づけを終え、NHKのニュースでも見ようかな？　と思ったところへ「ルルルル」である。

「アンノー。今、弁当食っちゃった。一粒残さず。梅干もタネまで嚙んで、ホラ、中に白いチビっとしたものあるでしょ？　あれまで食っちゃった、美味かったァ」

「あのお弁当は明朝の……」と言いかけて、私は口をつぐんだ。やっぱり、夕食を二度続けて食べられるほど、お腹が空いていたにちがいない。

今後も、折あらば、私は「アンノー」の給食のオバサンになろう、と思っている。

おいしい人間

テレビ局の古い友人に口説かれて、久し振りに「ワイドショウ」とやらにチラッと出演した。それも、私の最も嫌いな、例の、ご馳走を一口食べて、「ウム、美味い」と言う、いと下品なる料理番組だった。

テレビ出演というものは、いったん承諾したからにはマナ板の鯉で、収録されたビデオテープをいかに切り刻まれ、どう編集されようと、あなたまかせの旅の空。放映を見てから「こんなつもりじゃなかったのにィ」などとゴネてもスネてもあとの祭り。ほとんどの場合、一番アホウに見えるのは出演者ということになっている。この度もまた、恥をかくのは承知の上ながら、その恥とひきかえに、せめて、私が最近とっておきの「おいしい男性」を一人、テレビの視聴者に紹介したい、と思ったのが、出演を承諾した理由だった。その人の名は、「市原敦夫さん」。「敦煌《とんこう》」という中国料理店の御主人である。

実を言うと、私は「敦煌」の料理は一度しか食したことがなかった。それも、美味しいもの友達の水野正夫さんの「ちょっと面白い中国料理屋をみっけたの、行ってみませんか？」という誘いの電話に、私の中の食いしんぼうの虫がヒョイと頭をもたげたからだった。「敦煌」という店名は分かったけれど、場所の説明があやふやで要領を得ない。

「近くまで行けば分かるでしょ？」

「いや、分からないでしょ」

「大きいお店？」

「いや、小さいお店」

と、禅問答のような会話が続いて電話が切れた。約束の当日は「敦煌」で待ち合わせることになったので、心配性の夫と私は前日にノコノコとロケハンに出かけた。言われたとおり、四谷、市ヶ谷のあたりをいくらウロついても店が見つからず、あるはずがないような細い道に入りこんでみたら突然「敦煌」というささやかな門灯が目に入った。「敦煌」などというやんごとなき店名を聞いただけで、まあ豪華絢爛とは言わないまでも、玉《ぎょく》の象嵌《ぞうがん》された紫檀の屏風なんぞが置かれて、床には北京段通《だんつう》、壁には斉白石の絵画がかかって……というイメージが浮かぶではないか。

私は独断と偏見の固まりのような人間だから、あまり立派すぎるレストランだとかえってお飾り沢山のアヤシの料理が現れるのではないかと疑いたくなるのだが、それにしても敦煌のトまでもゆかないような、小さなラーメン屋といった風情の「敦煌」の前に立って呆然とした。その上「本日休業」なのか門灯には明かりも入っていない。ガラス戸に鼻を押しつけて店内を覗きみれば、椅子はサカダチをしてカウンターに乗せられ、せいぜい二十席足らずの様子である。私たち夫婦はキツネにつままれたようにボンヤリとして家路についた。

そして、約束の夜がきた。「敦煌」の表戸をガラガラと開けて入った私たちは仰天した。カウンターには既に、目白押しに客が並んで超満員である。その背中をこするようにしてようやく奥の丸テーブルにたどりついてみると、水野夫妻の笑顔が迎えてくれてホッと一息、「やっぱり此処《ここ》が敦煌まちがいなし」と安心した。

店内は小体《こてい》ながらも清潔で無駄な飾りは一切無く、壁には大きなケント紙が貼られ、サインペンで十五、六種類の本日のメニューが書かれている。麺類とご飯はなく、中国の小菜風の簡単な料理ばかりである。

小さな調理場にいるのは店主兼コックさんらしい男性のみで、真っ白いカッポウ着をつけた奥さんらしい女性が、注文とりからお酒のサービス、あと片づけ、レジなどでクルクルとコマ鼠のように走りまわっている。

ひとまず老酒《ラオチユウ》のお燗をたのむ。熱々の酒瓶《チユウペイ》の取っ手に真っ白い布がキリキリッと巻かれて出現した。こりゃ、悪くない。食器は白一色に統一されていて、主人の潔癖な性格が手にとるように分かる。

早速、メニューの物色にかかる。第一番目に私たち夫婦の大好物である「ピータン豆腐」とあるのが嬉しい。「ピータン豆腐」は、文字どおり豆腐に刻んだピータンが入っているだけの料理ともいえない一品だが、家庭のそうざい料理のせいか儲けが薄いせいか知らないが、気取った中国料理店のメニューには絶対に無い。その上豆腐そのものが淡白だけに、きめては味付けにあるから料理人の腕が問われるところでもある。さて、どんなピータン豆腐が現れるか、楽しみなことである。

西欧料理は、スープを一口飲んでみればその店の味が分かる、と言われるが、中国料理もまた、あらゆる料理のベースになる「高湯《カオタン》」と呼ばれるスープによって、店の味や格が決まる。「高湯」は、何十キロもの牛や豚の骨や、何十羽という丸ごとの鶏を大釜に入れて静かに煮出したコンソメで、材料の割りあいはその店の料理長の胸三寸にあり、決して公表されない秘密である。「高湯」はもちろんスープや煮物など、ほとんどの料理の仕上げにザブリ！　と気前よく使われる。日本料理の八方ダシと同じ扱いである。

立ち喰いラーメン屋の、ギラリと油が浮いた醤油味のつゆそばと、上等料理店のつゆそばの違いがここにある。高価なつゆそばの大半は「高湯」の値段といってもいいだろう。なまはんかな「高湯」で一流料理店の味と張り合おうとしても、しょせんはできない相談なのである。

「敦煌」のメニューには「ピータン豆腐」をはじめとして、「春巻」「地鳥の蒸し焼」「チャーシュウ」「ビーフン」などで、「高湯」を必要とするような料理は一皿も無い。それもまた見識のある主人の利口なやり方だ、と感心するうちに、「ピータン豆腐」が、いとつつましげに、といった感じで現れた。純白の平皿の真ん中にこんもりと盛られた豆腐はほとんど生地のままの色で、白い豆腐の中に新鮮なキュウリの角切りが点々としているところが美しい。一口食べて、私は「ああ、美味しーい」と感嘆した。

わが家でも、私は自己流のピータン豆腐をよく作る。「敦煌」製は崩した豆腐を軽くしぼってあるが、私のは一丁のまま押しをして適当に水を切り、奴に切って深皿に沈める。その豆腐の上に、ピータン、しょうが、長ねぎ、ザァーサイ、キュウリなどのみじん切りをやっさもっさと盛りあげて、ラー油をタラリ、日本酒タラリ、ゴマ油タラリ、豆板醬もタラリ、と、めったやたらに振りかけて、食卓の上でヒッかきまわして食するのである。ルックスもへちまもあったものではなく、これは全くのそうざい風、どんどん味を濃くすればご飯のオカズにもなって便利な一品である。

「敦煌」のピータン豆腐は塩味で仕立ててあるから、見た目も味も品がよく、私は市原さんのセンスのよさに驚いた。

私は、自分が下品なせいか、上品なものに弱い。口に入れるものもスッキリと仕上がった品の良い味にひかれる。例えば、濃い口の醬油と砂糖を使った関東料理よりは、チラリと薄口醬油を垂らした関西料理に食欲を感じるし、見るからに濃厚な上海料理よりは、材料の色や味を生かした広東料理のほうが好ましい。

料理ばかりでなく、すべてのことに、すべてのものに「上品」と「下品」がある、と私は思う。「おでんやラーメンに、品格なんてあるものか」と言われそうだが、それが断じて「ある」のだ、と、私は思っている。

料理を作るのは、人間である。料理は心で作る、なんていうのは少々キザでテレ臭いが、自分の才能と照らし合わせながら、一歩、一歩と大地を踏みしめるようにして料理に精進する人間と「作ってやるから、黙って食え！」という人間の間には料理の味に格段の相違がある。つまり、板前やコックの人柄がそのまま料理の味になって現れるのだ、と、私は六十年余り生きてきてようやく分かった。

人間の顔が一人一人違うように料理にもいろいろな味がある。自信たっぷりの味、傲慢《ごうまん》な味、一人よがりの押しつけがましい味、などは、私に言わせればすべて「下品」な味の部類に入る。

近頃流行《はや》りの、まだ生存中の海老や鯛を切り刻み、ヒクヒク動いている刺し身を食卓にのせる「活き魚料理」とか、白魚の踊り食いなどといって、水の中を元気に泳ぎまわっている白魚をすくい上げ、「今日の奴はとくに生きがいいねぇ」なんちゃってツルリと喉《のど》に流しこむのを見ると、下品を通り越して悪趣味というより他はない。

洒落《しゃれ》たインテリアのフランス料理店で「本日のメーンはフランスから直送のウサギでございます。パリは只今《ただいま》ジビエの季節でしてねぇ」などと猫なで声で説明されると、下品な私は「あぁそうかい、だから何だってンだ」と、ソッポを向きたくなる。しかし、意地悪バアサンの私でも、少々のお客のマナーくらいは心得ている。その店のメニュー以外の「無いものねだり」をしないこと。「知ったかぶり」をしないこと。美味しく食べたら「美味しかった」と一言挨拶をして帰ること、である。

押しつけがましい料理はもちろん下品だが、あるとき、上等なレストランでお客が立てこんで大忙しの最中に、ニンジンの千切りだけのサラダを山の如く作らせてモッサモッサと食べている人がいて、私にはどうしてもその男性がだんだんバカ面をした馬に見えてきて困ったことがある。

「敦煌」の料理は、私にはすべて美味しかった。どの一品も広東料理風に材料の持ち味を生かした簡単な料理だけれど、ときたまピリッとした辛味が味をひきしめていて、どこか四川料理風でもある。あとで聞いたことだが、市原さんは「銀座の四川料理店で三年間修業した経験がある」そうで、私は、なるほどと納得し、一件落着した。

「敦煌」の営業は夜のみ、ということで、テレビの録画は午後二時ということに決定した。そしてその当日、市原さん出演の前座として横浜中華街の取材を終えた私は、十数名のスタッフたちと共に「敦煌」に到着した。……何となく店の様子が変わっている。店名を書いた門灯の、真紅だったガラスはダークブルーになり、のれんは新品の純白になっていた。とんだ物入りをさせて申し訳ないことである。

「今日はお世話になります、どうぞよろしく」と言いながら店内に入ると、左手のキッチンに市原夫妻が人形のように並んで突っ立っていた。「間に合わないといけないと思って早めにビーフンを茹でたら、茹ですぎて……」などと素人のようなことを呟いている。「アラ、アラ」と、私が平ザルにへばりついたビーフンを覗きこんだところへ、テレビ局特有の愛想もソッ気もないジーパン部隊が大量の機材をかついでガタガタとなだれ込んで来た。ただでも狭い店内はてんやわんやの押し合いへし合いで、もはや蒸し風呂である。

市原さんの胸もとに小さなマイクがつけられ、腰のポケットに電池がねじこまれ、イヤもオウもあったものではない。アッという間に床には照明用のコードが入り乱れて足の踏み場もなく、市原さんと奥さんはキッチンに釘づけになったたまま動きもとれなくなったそのとたん、パアッと照明が光った。カメラは既にスタンバイされ、レンズが市原さんに向けられている。毛穴の中まで照らし出すような光量の強いテレビライトを浴びると、プロ人間は自然にシャンと背すじがのび、度胸が据わって「いざ出陣！」という体勢になるが、ふつうの人はほとんど眼の焦点があやふやになり、声は上ずり、足元もおぼつかなくなって、梅川忠兵衛さながら、魂ぬけてトボトボ……という状態になる。ノーマルな人ほどこの差がはげしい。

　市原夫妻もまた、いたずらに目玉が左右に動くだけで全くの無表情になった。それでもディレクターの大声に、市原さんはガスに火を点《つ》け、「高峰秀子サンのための一皿」とやらを作り出した。中華鍋の中の油が熱したところへザッと黄ニラが入り、頭とシッポ？　をとってきれいに掃除されたモヤシ（中国では銀の芽という）がザザザッと加えられて、景気の良い音が立ちのぼった。その間を縫って、私の質問が市原さんに飛ぶ。見るからに実直訥弁《とつべん》そうな市原さんから訥々とした返事が返ってくる。

市原さんは、日大二高を経て独協大の仏文を卒業後、東京中華学校で中国語を勉強。ニューヨークに一年、香港に二年と滞在するうちに、心機一転、中国料理店を開業しようと決心を固める。銀座の四川料理店で三年間、その後、神田のギョーザ専門店で一年間修業をする。昭和五十二年に現在地で、はじめは中華そば屋であったのが、お客の要請によって自然に現在のような料理を作るようになったそうである。「高価な材料を仕入れる余裕はありませんから、近所のスーパーマーケットやデパートの食品売り場で材料を買ってます」という一言が、感動的で印象に残った。

市原さん夫妻は現在も年に一、二度は香港に飛んで中国料理を食べ歩いてくる、という。私の思ったとおり、この人、ただのネズミではありませんでした。

とつぜん振り向いた市原さんが、「香港へ行くときには必ずこの本を参考書として持ってゆきます」と、一冊の本を差し出した。それは、なんとまあ、私の

『香港食べあるき』という雑文ののっている本ではないか。私のヤクザな文章のあちこちに克明に赤線が引かれているのを見たとたんに私の顔にカッと血がのぼって恥ずかしさに身が縮み、今度はこちらが忠兵衛になる番だった。人間、どこでどんな目に会うか分かったものではない。雑文といえどもアダやおろそかに書くものではない、と深く反省した。

なんとなく、どさくさまぎれのうちに録画は終わり、スタッフは再び機材をひっかついで潮が引くように消え失せた。

私の眼の前に、黄ニラとモヤシの炒めものの皿がある。見るからにういういしく美しい出来上がりだ。私は「頂きまーす」と箸をとり、小皿に取って口に運んだ。

「あれ？」

「市原さん、なんだかヘンよ、この味。ちょっと試してみて」

「やっぱり、そうですか。実は、すっかり上がってしまって、自分でも何を作ったのか……ねぇ、オレ、塩入れたかな、酢と酒を間違えたかな？」

と、奥さんを振りかえる。

「知らないわよ、そんなこと。ダメな人ねぇ……どれどれ」

と、奥さんがちょいとモヤシをつまんで口に入れ、顔をしかめた。

「なにこれ、まだ生臭いじゃないの」

「困ったなァ」

「今頃困ったってしょうがないでしょ」

「やっぱり、酒と酢を……困ったなァ」

「知らないってば、ダメな人ねぇ」

まるで漫才のような夫婦喧嘩がはじまった。市原さんは炒めすぎたモヤシのようにクタリとなって、ただひたすら困っている。私は実に楽しく、そんな二人を眺めてニヤニヤした。

「市原さん、大丈夫。テレビに味は写りません。そんなことはどうでもいい。あなたという方は、ウブで素直で、理想的な料理人ですね。あなたのような方が、本当のおいしい人間と言えるのです。これからも美味しい料理を作ってくださいね」

私は爽やかな気分で椅子から滑りおり、「サヨナラ、またね」と言ってガラス戸を開けた。

タクシー・ドライバー

二十年ほど前の話である。

ジャンは二十六歳。ポルトガル人の血の入ったハワイアンで「タクシー・ドライバー」である。ハワイは世界中から客の集まる観光地だ。ジャンは日がな一日観光客を乗せてオアフ島を走りまわるのが仕事で、空港からホテルへ、ホテルから空港へ、そして、イオラニ宮殿、パンチボール、古戦場のヌアヌパリ、パイナップル畑などを案内してまわる。

彼の車は大型ハイヤーで、利用客のほとんどが一見して裕福そうな年配者が多い。

ある日、毎朝九時から夕方の六時まで、五日間の契約をしたい、という客が現れた。客はアメリカ本土からの観光客で、共に七十歳を越えたとみえる白人夫婦である。老夫人は、杖を支えにしているとはいうものの足もとがおぼつかなく、ジャンが抱えるようにして面倒をみなければ車の乗り降りができない。一日目の観光が終わり、ホテルの玄関まで送り届けると、老紳士は二十五セントのコインを一枚、ジャンの掌《てのひら》に落としてロビーへ消えていった。そして次の日も、また次の日も、白髪の紳士は「じゃ、また明日、バイバイ」と言いながら、きまって二十五セントのチップをジャンの掌に落とした。

「ケチな客だ」と、ジャンが思ったかどうかは知らない。しかし、ジャンは一言の不満ももらさず、誠心誠意、老夫婦の面倒をみつづけた。約束の五日間が終わり、ジャンは帰国する老夫婦を空港まで送っていった。車のトランクからスーツケースを運び出しているジャンに、老紳士は握手の手をさしのべた。

「ジャン、お世話になった、有難う。君の親切は忘れない。これはチップだよ」

ジャンの手に、めったに見たことのない百ドル紙幣が一枚のっていた。

それから、三年の余が経ったある日、ワシントンから来たという一人の弁護士がジャンを訪ねてきた。用件は、「ワシントンに住んでいた、ミスター・アンド・ミセスFからの、遺産贈与の書類に、遺産受け取り人であるジャンのサインが必要であるから」というものだった。

「ワシントンのF……あッ、毎日二十五セントのチップをくれた、あの人たちだ」

仰天したジャンが、そのとき何と言ったのか、思いもかけぬ遺産を貰《もら》ったジャンが、その後どうしたのか、は分からない。が、私は、ホノルルの新聞にも出たというこの話が大好きだ。

これは十年ほど前の話。

お隣の奥さんが、庭さきへ顔を出した。珍しく和服姿である。

「おめかしして、何処《どこ》かからの帰り？」

奥さんは「コクン」とうなずいた。眼が怒っている。そして、突然切り口上で言った。

「あなた、一円玉をどう思いますか？」

「一円玉って、お金の？」

「タクシーに乗ったのよ、和服では運転しにくいから、タクシーに乗ったのよ」

「はいはい」

「行くさきを言ってもブスッとして返事もしないの、イヤな雰囲気。さて、向こうへ着いてタクシー代を払うとき、私、一円玉が五枚あったからそれも混ぜて運転手サンに渡したの」

「それで？」

「そうしたら、いきなり運転側の窓をあけて、一円玉をパッと投げ捨てたのよ、一円玉なんて金じゃねえやって言って……」

「一円玉はお金ですよ。もしそのときタクシー代が五円足りなければ、あなたはタクシーに乗れなかったってことじゃない」

「私、腹が立って立って……。開いたドアから飛び出すようにして降りたの、いえ、まだ降りきらないうちにバタン……とドアを閉められたものだから袂をはさまれて、もう少しで引きずり殺されるところだった。タクシーに乗るのも命がけよ」

　話を聞いているうちに、私の胃袋のあたりにも、ドス黒い怒りがモクモクと湧きあがってきた。もしかしたら、私は隣の奥さんより怖い顔をしていたかもしれない。

　つい最近のことである。私たち夫婦は、ローマのホテルで予約した大型ハイヤーで空港へ向かった。ナリタ行きのアリタリア機に乗るためである。

車種は前日の空港からホテルまでのハイヤーと同じロングベンツだったが、運転手は昨日の人ではなかった。イタリー人は高速道路を百三十キロでぶっ飛ばす。「もう少しゆっくり走って下さいよ」と言うと、ケケケと笑い、「私はローマで一番の運転上手だから、心配ないよ」という返事が返ってきた。

しかたなく、吊り革にしがみついたまま、空港に着いた。やれやれ、と車から降り、夫が、約束の車代八万リラと、一万リラのチップを差し出した。運転手は、車代は受け取ったがチップには手を出さない。不満そうな顔で夫の前に立ちはだかり、「チップが少ない、貧しいチップだ」とくりかえす。

「昨日と同じ車、昨日と同じチップです」

「同じ車でも今日のほうが新しい車なのだ、みてくれ、新品のピカピカだ」

と、押し問答がはじまった。そこへ、カートを押した、アリタリア航空会社のサービス員が現れた。彼は一目で情況を察知したらしく、イタリー語で「文句アッカ?」てなことを言ったらしい。運転手は手のヒラをかえすが如く愛想笑いを浮かべ、夫の指さきのリラの札をヒョイとつまむと、大きな図体を素早く車に押しこんで、猛スピードで走り去った。

二十年前の話は、なんとも爽やかである。

たった数日間のタクシー・ドライバーの親切に、自分たちの遺産まで贈りたい、と考えた老夫婦は、いったいどんな境遇にいた人たちなのだろう? たぶん、人間への失意を抱えながらも、苦労を重ねて働き続け、ようやく老後を迎えて短いハワイ旅行を楽しもうとしてやってきたに違いない。

老夫婦は、ホノルルで出会った思いがけない親切に驚き、そして喜び、人間への愛と信頼を取り戻して、しあわせな気持ちでワシントンへ帰って行ったのだろう。その後も、おりにふれ、ときにふれ、二人の会話に登場するのは、柔らかい眼つきと明るい笑顔のジャンの話題だったに違いない。

「無償の厚意」。いまの世の中では死語に等しいのが残念である。

十年前に聞いた、「一円玉を投げ捨てたドライバー」の話は、十年後の今になっても私は許せない。昔のことわざにあるように、一銭を嗤《わら》う者は、やがて一銭に泣いてもらうぜよ、である。

とはいうものの、日本国の一円玉はあまりにも安っぽい。アルミの一円玉が出現したとき、この私も「水に浮くお金が出たよ」と、笑ったものだった。

ズシンと重く、とは言わないが、せめて銀の手ざわりのする美しいデザインの一円玉が出来ないものだろうか？　世界中に、コインのコレクターも多い。コインはその国の顔でもある。各国のコインの中で、チャリンとも言わない一円玉は、どんなに肩身のせまい思いでいるか、一度、大蔵省の人たちに考えていただきたい。

粗末なものは、粗末に扱われてもしかたがないって？　それは人間にもいえてる、けど。

ローマ空港での私たちの経験は、幾つかのことを考えさせられる。

日本の旅行客のほとんどは、チップの与えかた、というより、金の使いかたを知らない。やたらと金をバラまくことで、自分の中の劣等感をゴマ化そうとする私たち日本人も悪い。外国語に弱いことも大きな理由だ。その虚をついて、脅迫まがいにチップを要求するドライバーも卑屈で汚いが、おどかされて法外なチップを出す客が多ければ悪循環となって、クモ助は増えるばかりである。

「金持ち日本」は、昨今、国も旅行者も世界中から嫌われ、おどかされている。夫はおどかされてもすぐに財布を出すようなことはしなかったものの、もし、飛行機の出発時間が迫っていたら、クモ助の要求をのんだかもしれない。

タクシー・ドライバーはその国のドアマンであり、その国を訪れる外国人の一人一人が自国を背負った「外交官」なのだ、という意識があったら……と、私は思うのだが、ないものねだり、というものだろうか？

しあわせな位牌

コーヒーショップでお茶を飲んだあとだった。

椅子から腰を上げた「マサオサン」は、エルメスのショルダーバッグをぐい！と肩にゆすり上げ、ふとテーブルの上に眼をやると、灰皿の横に立てかけてあったマッチをつまみあげてポケットに入れた。

「煙草吸わないのに、マッチ、どうするの？」

私が聞くと、

「お灯明のローソク用にもらってゆくの」

という返事が返ってきた。

「え？」

短く刈りこんだヘアスタイル、日焼けした顔、Tシャツに革のパンツでモーガンのスポーツカーをぶっ飛ばす、別名「元気印」のマサオサンと、神妙な面持ちでお灯明を上げているマサオサンがとっさに結びつかず、私は面喰らった。

マサオサン夫妻と私たち夫婦は、共に子無しのせいか呑気《のんき》な上に、夫同士は仕事上のつきあいも多いことから親しくなり、いつしかマサオサン、ヒデコサンと呼び合うようになって、何年になるだろうか。国内はもちろん、何回か海外旅行もした。マサオサンは五つばかり年上の私の夫を「長男」と呼び、

「長男の面倒を次男がみるのは当たり前でしょ、エヘヘ」

と、御夫婦そろって気配りをみせてくれるのがちょっとくすぐったいが、オンブにダッコで甘えている。

はじめて香港旅行をしたときだった。

ホテルに泊まればお互いの部屋をいったりきたりすることもある。ヒョイとマサオサンの部屋に入ったとたん、私の眼は一瞬、点になった。パアッと明るい室内の、海に向かったチェストの上に、三枚（というのはヘンだが）の位牌がコの字型に立って、水の入ったコップが供えられていたからである。

「位牌……」

現在も、私たち日本人の家庭内に祭られている位牌は、昔の中国の、「佛牌」「神牌」二つを合わせて「位牌」といわれていたものの変形で、死者の戒名が記された、台座つきの木の板というのが常識になっている。

本来は、位牌を拝む、というよりは、位牌のうしろに納まった御本尊に供養をお願いする礼拝が目的なのだから、言うなれば位牌そのものはどんな形態のものでも不都合はないのかもしれない。が、まるでトランプのカードのように薄く優雅な位牌は、世にも珍しいのではないかしら？　マサオサンの、位牌に対する並々ならぬ思い入れをみたようで、例の「お灯明用のマッチ」のことも納得がいった。一件落着である。

死者の形代《かたしろ》としての位牌は、私たち日本人にとって「死者そのもの」という感覚が濃い。火事や地震のとき、まっさきに位牌を持ち出す、という話は聞いたことがあるけれど、旅行さきにまで位牌を持ち歩くマサオサンもまた、ちょっと珍しい人で、人はみかけによらない、というサンプルを見たような気がした。

香港の陽ざしを浴びていい気持ちそうに立っている三枚の位牌は、マサオサンの父上、母上、そして四十二歳の若さで亡くなった姉上、と三人の形代である。すべてがマサオサンの手作りだそうで、縦十センチ、横七センチほどの黒漆塗りの薄板に金文字の戒名が記されている。カバーは正倉院古代裂《ぎれ》うつしの絹織物で、三枚の位牌をぴったりと包みこむ折りたたみ式になった洒落た作りである。

私の家にも、位牌らしきものはある。

京都の仏具屋で作ってもらった根来《ねごろ》塗りの小さな厨子《ずし》に少女の親指ほどの位牌

が納められ、夫の両親とニューギニアで戦死した長兄、そして私の実父、実母、四歳のときから一緒に暮らした養母の名前がぎっしりと肩を寄せ合っている。

いまから十四年前、私の養母が死んで、夫が位牌に名前を書き入れるとき、「母は、あの世とやらへ行っても、松山家の人々に迷惑をかけるのではないか？」という、肩身のせまい思いが一瞬心を過《よぎ》ったのには、われながら驚いた。

「人間、死ねばゴミになる」という説は少々ショックが強すぎるが、私はややそれに近い割り切りかたをしているし、死後の世界なども信じていない。そんな私なのに、なぜあのとき、あんな気持ちになったのか……いまでも分からない。

私の養母は、世間の常識からハミ出した性格の人で、いまは亡き「川口松太郎先生」の言葉を借りれば「箸にも棒にもかからねぇ、てえしたおふくろ」だったから、亡くなったときもお悔みを頂くより、喜んでくれる人のほうが多かった。人間とは不思議なもので、死んだ後まで他人にオニ呼ばわりされてみると、「養母の一生はいったいなんだったのだろう？」と、かえって哀れに思えてくるものである。

しかし、私はいまだに養母の夢を見る。夢の中の養母はいつも不機嫌で、声を荒らげて私の神経をおびやかす。どれもこれも後味の悪い夢ばかりで、私は寝汗をかいたり、うなされて夫に起こされたりする。「三つ子の魂百まで」というけれど、いずれにしても、母の、子に与える影響は深く、おそろしい。

「母という字を見るだけでも気が滅《め》入《い》る人間など、この世の中で私一人ではないかしら」と、寂莫《せきばく》たる思いである。

最近、私たち夫婦はマサオサンにハッパをかけられて、近頃めっきり重くなった腰をヨイショと上げて、パリ、ローマ、ベニス、と、久し振りのヨーロッパ旅行をしてきた。例によって、三枚の位牌も同行である。

「ねぇ、マサオサン、どういう理由で位牌を持ち歩くの？」

「別に、理由なんかないけど、留守宅では面倒をみてくれる人もいないし、こうして家族と一緒だと安心だから」

「安心？」

「第一、にぎやかでいいじゃない？　ファミリー旅行って……そうねぇ、言うなれば僕のためなんだ、僕が安心なの」

「安心ねぇ」

どうやらマサオサンは、私には到底、理解も想像もつかない世界に住んでいるらしい。

私は黙った。

ローマでのある日、

「今日のランチは、どこかのテラスでパスタ料理といきましょうか」

というマサオサンの号令で、四人揃ってホテルを出た。マサオサンがひょいとカズコ夫人を振りかえった。

「持って来た？」

「ハイハイ、持って来た」

カズコ夫人がショルダーバッグの横腹を、いい子、いい子、という風に撫《な》ぜた。

どうやらバッグの中には三人のファミリーが身をひそめているらしい。私は、唖《あ》然《ぜん》となるより先に、ひどく愉快になってケタケタと笑い出してしまった。

「しあわせな位牌ねぇ！」

マサオサンは、機嫌のいいヤンチャ坊主よろしく、頭を振り振り、先頭に立って歩き出した。

マサオサンとは、和子夫人と共に、日本国のデザイナー界にその名を馳せる、水野正夫さんである。

お姑《かあ》さん

演出家、木下恵介監督の助手をしていた松山善三と私が結婚したのは、昭和三十年の春だった。「結婚」という生涯の一大事業を目前にしているというのに、花嫁である私の気持ちはいっこうに盛り上がらず、われながら全く「可愛気のない女」だった。

当時の私は、既に三十歳の分別くさいオバンだったから、というせいもあっただろうが、最大の原因は、私が心身ともに「疲労困憊《こんぱい》」してボロ雑巾のようになっていたからだと思う。

日本映画界はなやかなりし頃の私は、大のつくスターで、年中、ゴールのない馬場を走り続ける競馬ウマのように撮影の仕事に追われ、家に戻れば戻るで日毎《ひごと》に歯車のくい違ってくる養母との葛藤《かっとう》に疲れ果てていた。その上、私の収入を当てにする親戚縁者にオンブお化けのようにとりつかれ、どちらを向いても金、金、金をむしり取られることばかり、私は次第に人間不信になって、親兄弟と聞いただけでもハダシで逃げ出したくなるような人間になっていた。

寒ざむとした人間関係の中で孤立していた私が、ふッと結婚をする気になったのは、もちろん、当時二十九歳だった松山青年の人柄のよさにひかれたこともあるけれど、それ以上に私の心をとらえたのは、松山のお母さんのたったの一言だった。

はじめて松山の両親に対面することになった私の心は、ますます重く沈みこんだ。五歳のころからやくざな映画撮影所の中で成長した私は、いわゆる「おしろうとさん」と接したことが全くなかったからである。私の養母は私の結婚にははじめからソッポを向いていたし、養母もまたまともな挨拶ひとつできるような人でもなかった。どうしたものだろう……と頭を抱えているうちに、とうとうその日が来てしまい、私はほとんど、やぶれかぶれといった心境で、横浜・磯子の松山家を訪ねた。

松山善三の父、三朗は、戦前は生糸の貿易業、戦時中は航空機の部分品の製造業をしていたということ。六人の子供のうち、長男はニューギニアで戦死、善三は次男であること。私はその程度の事情しか知らなかったのだから、考えてみればずいぶんと乱暴な結婚だった。

磯子の松山家は、小さな庭のあるごく普通の家で、両親も見るからに普通の人だった。なにかにつけてあまり普通ではない「活動屋人間」にはいちばん苦手な相手である。

松山善三とそっくりなお父さんのうしろでほほえんでいたお母さんが、はじめて口を開いた。長く患っているリュウマチのために両手の指が曲がり、脚も不自由なので座ることができず木製の脇息にチョコンと腰を乗せていた。脇息が格好の椅子にみえるほど小柄な女性《ひと》だった。

「折角《せっかく》、結婚なさるというのに、うちが貧乏なのでなにもしてあげられません。あなたに働いてもらうなんて、ほんとうにすみません。ごめんなさいね」

そう言ってお母さんは頭を下げた。

私は一瞬ポカンとした。お母さんの言葉をどう理解してよいか分からなかったからである。というより、その言葉をすんなりと受けつけられぬほど私の心がねじ曲がり、荒れ果てていたということだろう。

私の頭の中で、「働いてもらうなんて」という一言だけがぐるぐると廻った、そしてやがて、清冽な谷川の水がうずまくようにしぶきをきらめかせて廻り続けた。

長い女優生活の間、私は養母からただの一度も「仕事が辛いか？」「仕事をやめたいか？」などと聞かれたことがなかった。養母にしてみれば、収入《みいり》のいい女優が働くのは当たり前なのであって、働いてもらっている、という自覚など、おそらく無かったに違いない。「スターの母親」という立場を失うことをなによりも恐れていた養母の口からは間違っても出ない言葉だったし、タブーでもあった。

昭和三十年の松山の月給は一万三千五百円、私の映画の出演料は百万円だったから、共稼ぎというニュアンスとはちょっとちがって少々こっけいだったけれど、そんなことはどうでもいいとして、松山のお母さんの言葉には、明治の女性《ひと》のプライドとか、世間体とか、そういう感情のすべてを乗り越えて、ただ純粋に、息子の嫁への「慈愛」だけがこめられていた。

生まれてはじめて「優しい言葉」をかけられて、私の目に思わず涙がにじんだ。映画の演技以外には他人前《ひと》で泣いたことも自分の心をみせたこともなかった私は、自分で自分の涙におどろくと同時に、松山善三との「結婚」を決意していた。いや、善三とではなく「お姑《かあ》さん」松山みつと結婚したかったのかもしれない。私は「お姑さん」の人柄を信じると共に、そのお姑さんに育てられた松山善三という男性を信じた。そしてそれは私自身の将来のしあわせを信じることでもあった。何年ぶりかで「人を信じる」という感情が自分にかえってきたのが嬉しかった。

私は結婚と同時に仕事を半分にへらした。女優と女房は両立しない、ということは分かっていたし、どちらかといえば女優より松山の女房としての自分を大きく育ててゆきたい、と思ったからだった。

結婚前は一家の女主人だった私の家に、もう一人男の主人が現れたから、結婚当初はかなりギクシャクバタバタと忙しく、映画の仕事に入れば入るで忙しく、磯子のお姑さんを訪ねる時間もなかったが、夫の背後にはいつも笑顔のお姑さんの面影があって、私の心は和んだ。

結婚して二年目だった。私はお姑さんへのごぶさたのお詫びにと、円型のスツールをデパートから送らせた。花柄のサテンで包まれたスツールにお姑さんは小さなお尻を乗せてくれただろうか？　それをたしかめる電話もしないうちに、お姑さんは突然亡くなってしまった。リュウマチの鎮痛剤によるショック死だった。

私に残されたお姑さんの思い出といえば、あの優しい一言の他にはなにもないけれど、私にとっては百万言の言葉にもまさる貴重な言葉であった。

人は、その生いたち、環境によってそれぞれ感銘を受ける言葉もちがうだろう。姑に貰った一言が、心底生きる支えとなった嫁の話など、ある人にとっては甘ったるくアホらしいことかもしれない。それでも私はいまだにお姑さんの一言を、私の宝として大切に抱きしめている。

われという人の心はただひとつ
　われよりほかに知る人はなし　　谷崎潤一郎

おかげ人生

「ほんとうの教育者はと問われて」という題名は、考えれば考えるほど私にはむずかしい。このタイトルを見て、だれの頭にも浮かぶのは、たぶん、優しい母や、可愛がってくれた小学校の先生や、長じて薫陶を受けた恩師や、よき先輩、友人などの懐かしい顔なのだろう。

しかし私には、その中の一人として心に浮かぶ人はない。

それは決して「自分一人の力で生きてきた」という思いあがりではなく、一般の人々が幼少から歩む、ごく普通の道を、私は全く通らずに、五歳の年から子役としての職業を持ち、ほとんどを映画界という特殊な場所ですごしてきたからである。

私は大正生まれだが、撮影所に働く人たちは明治生まれの大人ばかりだったから、私の耳学問は自然に変則的な知識にかたよっていった。さぞ、こましゃくれたイヤ味なガキだったろう。

もの心ついたとき、私は「女優」という職業に疑問を持った。が、イヤだといっても女優をやめては親子三人ヒボシになる。とにかく、仕事というものは好ききらいでするものではないと割り切った。幸か不幸か、軽佻浮薄《けいちょうふはく》、冷酷無惨な映画界は、自分自身を鍛えるにはじつに格好な場所である。私の人生は不信と反抗の精神にはじまったといっていい。仕事には恵まれすぎるほど恵まれた。そんな人生の皮肉を感じながら、ひとりギクシャクしているうちにはや四十余年も経ってしまったというわけである。

　私は、結婚以来、主人の仕事である脚本の口述筆記を受け持っている。早口の主人のテンポに合わせて、一日に五十枚、百枚と原稿用紙のマス目を埋めるのはなかなかつらい。主人は「お前は丈夫なんだねえ」と言うが、とんでもない。私は決して不死身の女ではないので、こっちから言わせてもらえば、いくら愛する主人のためとはいえ、ものには限度というものがあるのである。ただ、その限界を越えたとたんに、その作業は主人のためではなく、自分とのたたかいに切り替えるまでのことなのである。そのちょっとした切り替えがまた別の力を生んでファイトがわく。人のためにすることと、自分自身を試すのとは全く別なことで、私のような欲の張った人間にとっては意外と利用価値があるのだ。

　私はいつもそうして、一人でものごとを判断しては自分とたたかってきたし、たたかうことになれっこになっているらしい。なにしろ、耳学問育ちで自己の考えが貧困だから、私の中には常に二人の私がいて、ああでもない、こうでもないとやかましい。その一人は、怠けものでケチでズルくてバカであり、もう一人は、そういう私を叱咤《しった》激励、なんとか帳じりを合わせようと、ムチ振りあげて私を追いまわす、サーカスの団長のような私である。

「ほんとうの教育者」とは、学識あり、経験豊かで人徳そなわり、尊敬される人間をさすのだろう。私もそういう「ほんとうの教育者」にめぐりあいたいと願わぬわけではなかったが、こうまでヒネてしまってはそれも手遅れとあきらめるより仕方があるまい。私はさしずめ、サーカスの団長くらいでがまんするのがいいところだろう。

考えてみると、四十余年という長い間、すぐに心に浮かぶ特定の人の面影はなくても、数えきれぬほどにたくさんの人たちの恩恵を受けて私は生きてきた。たとえ、それらの全部が「親切」や「愛情」や「教育」でなかったとしても、なんらかの意味で私に問題を投げかけてくれたことに変わりはない。私はそれらの人のおかげで生きてこられた。私は私の人生を「おかげ人生」だと思っている。

私の人生のルールは、はじめからちょっと狂っていたようだが、それも、これも、今ではみんな懐かしい過去になりつつある。「甘えず、静かに、大らかに」と、私の耳もとでささやく、私の中のサーカスの団長のムチに追いまわされながら、私はこれからもギクシャクと生きてゆくだろう。

死んでたまるか

私たち夫婦が「人生の店じまい」について考えはじめたのは、今から十年ほど前である。

自由業の共働きで子供もなく、至ってノンキな生活だから、何時《いつ》どこでどう死んでも、どうということはないが、それだけに、もし二人が同時に事故などで命をおとした場合には、必然的に他人《ひと》さまの手をわずらわせることになる。私たちは似たもの夫婦というのか、他人さまに面倒をかけるのが「死ぬほど辛い」という性格で、自分のことは自分でせよ、という生きかたを通してきただけに、日頃ロクにおつきあいもせず義理を欠きっ放しの知人、友人に、「あと始末だけよろしくね」では、あまりに虫がよすぎて心苦しい。

人間の成功には「チャンスと努力とサム・マネー」というチャップリンの名言があるけれど、人生、店じまいの支度をするにもやはり「サム・マネー」が必要らしい。

「第一、遺言ひとつ書いたって、しかるべき手続きが要《い》るだろう、弁護士さんや立会人たのんだりサ」

「葬式代立て替えてもらってても返すアテもないしねぇ」

真面目一方で、金にならない仕事ばかり追いかけているような亭主と、すっかり怠けぐせがついて稼ぐ気などてんで無い女房が、アホみたいなことを言っているうちに、早くも二、三年が過ぎた。

五十歳をすぎると月日の経つのが早く感じられる、というけれど、全くで、亭主の老化も駆け足で進み、ますます出無精になった女房がのらりくらりとしているうちに、正月ばかりがせかせかと御用聞きみたいにやって来る。

私たちはようやく幕切れの近さを感じはじめた。

「具体的に、まず身辺整理からいくか」

という亭主の一言で、やっとエンジンがかかり、私たちはドッコイショと腰を上げた。

亭主は思うところがあったのか、責任のある役職をひとつふたつ退職し、山積する蔵書の整理をはじめた。

私はまず、三階の本棚にひしめいている五歳から五十年間に及ぶ映画の脚本と、膨大なスチール写真のすべてを、川喜多財団のフィルムセンター資料館に寄附することにした。

昭和五年ころの脚本は日本紙の和綴じ作りで、日本映画のファンにとっては興味があるかもしれない、と思ったからである。

次いで、この機会に大幅に処分するべき家具調度から皿小鉢に至るまでの物品のリスト作りにかかった。

私は少女のころから古い物が好きで、骨董とまではいかないが家中に古物がひしめいている。その古物の中に、これも相当に古びた私が居座っているから、わが家はまるでお化け屋敷である。中でも多いのが食器類で、十人前のお椀やら六人前のディナーセットやらが天井裏まで這いのぼっている。

「部屋があるから人が泊まるのだ。人を招ぶから食器が要るのだ。整理整頓芸の内！」

私はブツブツ呟きながら、リストの最初に「ディナーセット百三十ピース」と書き入れてホッとした。

私は亭主に整理魔と言われるほど、ゼッタイに必要以外の物は家に置かない主義だが、それでも人間六十年も生きていればじわりじわりと物が増え、そのひとつひとつに何かしらの思い出がしみこんでいる。この際、家中に澱《よど》んでいる澱《おり》を掃き出して身軽になるのも悪くない。

パリの蚤《のみ》の市から大切に持ち帰った飾り皿、ハンガリーの骨董屋でみつけた古い鏡、ドイツの古道具屋から船で送らせた椅子やテーブル、イギリス製の優雅な飾り棚、そして美しいガラス類……。未練がないというのは建前で、本音は歯ギシリするほど口惜しい。が、それらを肩にひっかついで墓には入れない。

「身死して財残ることは智者のせざる処なり……」と、私の敬愛する、なんでもかんでもいいと見苦しいのオッサン、吉田兼好の『徒然草』にもあるではないか。物への執着は捨てて、物にまつわる思い出だけを胸の底に積み重ねておくことにしよう。思い出は、何時でも何処でも取り出して懐かしむことができるし、泥棒に持っていかれる心配もない……家財道具は三分の一に減った。

身辺整理にメドがついたころから、私たちは、今後の（老後の、というべきか）生きかたについて話し合った。

「生活を簡略にして、年相応に謙虚に生きよう」。それが二人の結論だった。気持ちを若く持つのはいいけれど、あちこちへ出しゃばってはしゃぎまわる体力は私たちにはもう無いし、もともと趣味ではない。

わが家はこの二十年来、私たち夫婦と二人のお手伝いさん、運転手さんの五人暮らしであった。家は三階建てで九部屋ある。この家を現状のまま将来も維持してゆく自信など到底ない。

私は生まれつき貧乏性なのか、人気女優といわれたころも、大邸宅に住んで人を侍らせ、豪奢な生活をしたいとは一度も思ったことがない。

「賤《いや》しげなる物、居たるあたりに調度の多き……」は見苦しい、という文章に百パーセント同感で、こぢんまりとした住居でスッキリと寝起きするのが理想だった。しかし、たまたま私が映画女優というやくざな職業に就いたばかりに、私の生活は頑張れば頑張るほどスッキリどころかゲンナリするような方向に向かっていった。皮肉なものである。

人気女優にはまず「後援会」などというビラビラしたものが付着する。銀座のド真ン中に「高峰秀子事務所」が出来て、『DEKO』という月刊誌が発行された。雑誌の表紙やグラビア撮影のためのおびただしい衣裳がタンスからはみ出し、住居も引っ越しのたびに間数が増えた。

世田谷の成城のある家に住んでいたとき、ある日、私が撮影所から帰って来ると、庭の芝生の上にピンクの蔓バラをからませた真白いアーチがぶッ立っていて、私は仰天した。私は乙女チックな趣味が全くない。

「なんという趣味の悪さ、これが私の家か……助けてくれ！」

私は頭を抱えたが、注文主の養母と、アーチを組んだ庭師はニッコリと満足気だった。そして私はイヤイヤながらも何度もそのアーチのそばに立って、カメラに向かってポーズをとらなければならなかった。それが一見華やかな「スター」というものだった。まこと「前栽《せんざい》に石・草木の多き……」で恥ずかしい。

家が大きくなれば当然人手が必要で使用人も増える。一時はお手伝いが七人もいて、私はロクに名前も覚えられなかった。私の付き添い、養母の小間使い、和裁係り、庭係り、台所係りが三人で、まこと「家の中に子孫の多き……」で、わずらわしかった。

さて、問題のわが家だが、大きすぎるからといって不用な部分をノコギリで切り落とすわけにもいかず、私は建築屋さんに「家を小さく改造」する見積もりを出してもらった。何分にも古風な教会建築なので今は職人も少なく、改造費は建てるより高い、という。「ゲェーッ」とビックリしているうちにまた正月がやって来て一年が過ぎていった。

すったもんだの揚げ句、半分やけくそで前の家をブッ壊し、念願の「終《つい》の住《すみ》処《か》」が完成したのは昭和六十年、今から三年前である。

私は今日までに数えてみたこともないくらい引っ越しをし、家も九軒建てた。このたびの「終の住処」が十軒目ということになる。

三人の従業員の解散、サム・マネーの調達、書斎、寝室、リビングキッチン、と、三間こっきりの新居の設計、と私たちは飛びまわって疲れ果てた。

建築中、ホテル住まいをしていた私たちが新居に入ったのは六十一年、二月はじめの大雪の日だった。この家の最大の贅沢はセントラルヒーティングで、家中がぬくぬくと温かい。

「たいへんだったネ」

「たいへんだった」

「でも、サッパリしたネ」

「ああ、サッパリした」

私たちは、思い切り首をのばした亀のような顔をして、大きく開いた窓外の美しい雪景色を眺めた。戦いすんで、日が暮れて……という心境だった。

私たちは、あり金をはたいて最後の家を建てた。サム・マネーがあったからこそ、とはいうものの、そのマネーは、結婚以来三十余年、夫婦がわき目もふらずシコシコと働き続けて得たお宝である。そして、そのお宝のすべては「死ぬための生き方」のために費やされた。「なんのこっちゃい」と言いたくなるが、それが人生というものだろう。

入居当時は白いケーキの箱のようだった新居も、二年経ってようやくなじみ、庭に配置した木々もめでたく根づいた。と思ったら、常日頃「六十五歳死亡説」をとなえていた亭主が体力づくりと称してセッセとヘルスセンターに通いだした。

「こんなにいい家が出来たのに、死んでたまるか！」

というのがその理由である。

「死ぬために生きる」のは、どっちに転んでも忙しいことですねぇ。

喫煙マナー

私がはじめて煙草を吸ったのは、昭和二十二年、二十二歳のときだった。というのは、「愛よ星と共に」という映画の中に煙草を吸う場面があったからで、私は大あわてで煙草を吸う練習をしたのだが、煙にむせるし、目はまわる、第一煙草を持つ手つきがギコチない、と、全くサマにならない。私の役はナイトクラブのホステスで、黒のロングドレスにハイヒールといういでたちだから、ただつっ立って機関車のように口からモクモク煙を吐けばいい、というわけにはいかず、つくづく困った。

よく「演技をしながら上手に煙草が吸えれば俳優として一人前」といわれるけれど、ちょっとした煙草の扱いかた、くわえかた、吸いかたひとつで役の性格が出せる俳優は、残念ながら日本国よりも外国の俳優に多く、ジャン・ギャバンやデイトリッヒの印象ぶかい煙草の吸いかたを記憶している人も多いだろうと思う。日本の俳優の場合は「ハイ、コレカラ煙草ヲ吸イマス」というような、つまりわざとらしい感じがどうしてもぬけないのは、なぜなのだろう？　煙草の寸法と日本人の鼻の高さとの関係なのか、手先の動きにスマートさがないからなのか、私にもよく分からない。

とにかく、煙草を吸うのは「習うより馴れろ」よりしかたがないと、私は積み重ねた夜具布団に背をもたせかけて尻尾が出るほど煙吐き作業に専念した。特訓の甲斐あって、映画は無事終了したが、以来、私はいっぱしの喫煙者、というよりも相当なヘビースモーカーになり果てて今日に及んでいる。

最近、電車の禁煙車とか飛行機の禁煙席、レストランまで禁煙セクションをもうけるようになって、煙草を吸う人間はまるで悪魔のように言われているけれど、喫煙者がそこまで嫌われる理由は、一言でいえば「喫煙者のマナーがゼロで、まるでなっちゃいない」ということなのだろうと私は思っている。

例えば、外国では女性に「煙草を吸ってもいいですか？」という言葉が常識となって定着しているけれど、私自身、日本国でそういう言葉を聞いたことはないし、そういう場面に出会ったこともない。私の経験によると、ひっきりなしに煙草を吸う人は、シャイで気が弱く、煙草でも吸っていなければ間が持たない、といった純情？　な人が多い。純情なだけに自分が煙草を吸うだけでせいいっぱいで、周りにまで気を使う余裕がないらしい。人の顔に向かってブワーッと煙を吐きかける、火のついた煙草を灰皿に置いたまま消すのを忘れる。煙草の灰をあちこちに飛ばす。とくに歩きながら煙草を吸うのは最低で、砂漠の真ン中ならともかく、人込みの道を歩きながら煙草を持った手を振りまわされてはたまったものではない。私は、スエードのジャケットに穴をあけられたり、毛皮のコートをチリチリと焦がされた経験があるので、こうした行儀の悪いスモーカーは煙草を吸う資格もないダメ人間だと思っている。

最低の下を、なんというのか知らないけれど、もっといけないのは食事中にたびたび煙草を吸う人で、これは喫煙者として最悪ともいえるバッドマナーである。とくに、他人に招《よ》ばれた食事の席で煙草をとりだすことは、「この料理はなんて不味《まず》いんでしょう。煙草でも吸わなきゃ、とてもじゃないけどやり切れませんよ」という戦闘的な意志表示になるのだからスゴイ。逆に、主人側が食事中に煙草をすすめる場合には、つまり「料理の味がもうひとつ冴えなくてお気の毒です。煙草でも如何《いかが》ですか？」という謙遜《けんそん》の意味なのだから「どうも、どうも」などとプカプカやるのは大変に失礼にあたる、というわけである。

外国の一流レストランの宴会では食卓に灰皿を置かず、食後のデザートのときにはじめて灰皿が配られて、紙巻きタバコや葉巻を捧げ持ったボーイが現れる、という仕掛けになっている。ときどき、日本人のお客がボーイを呼びつけて「オイ、灰皿」などと睨《にら》みつけたりしているけれど、マナーをわきまえぬノークラス、と軽蔑されるのはお客様のほうで、ボーイが悪いわけではない。

好きな煙草くらい、好きに吸ってなにが悪い、と言われそうだけれど、世の中には細かいところにまでルールがある。一本の煙草を楽しむためには時と場所をえらび、世間には煙草を吸わない人間も多いのだ、ということにちょっと気を使えばそれでいいので、そうすれば煙草はもっと美味しくなるのではないかしら？と私は思っている。

羽ふとん

　昭和三十三年、私たち夫婦がドイツのボンを訪ねたときだった。私は、ボン在住のジャーナリスト、笹本さんに「ボンへ来た記念に何か買いたいのだけど」と相談した。彼は言下に「そりゃ、羽ふとんです」と答えた。「羽ふとん？　そんなカサ高いものを」と、私はビックリしたが、「いいや絶対に羽ふとん、最高級品なら一生ものです」と、まるでふとん屋のまわし者のような言いかたである。

　あまりに確信に満ちたその言葉についつられ、私たちはとうとう巨大なハンペンの如き羽ふとんを買ってしまった、のはいいけれど、ホテルにかつぎ込んだ小山のような羽ふとんを眺めて「いったいどうやって日本まで持ち帰ろうか」と、途方に暮れた。あげくは翌日カバン屋で特大カバンを買ってきて、羽ふとんと大格闘の末、なんとかカバンに押しこんだ。あの羽ふとん騒動は今思い出してもマンガである。

しかし、苦労の甲斐あって、ドイツ最高級とやらの羽ふとんはたしかに暖かかった。暖かすぎて寝苦しく、ウナされたりしたので、何時《いつ》の間にか押し入れの奥深くつっこんだきりになってしまった。不眠症夫婦の私たちは、自分の寝つきの悪さを棚に上げて、結婚以来三十数年、ふとんと枕にこだわり続けた。寝室の押し入れには木綿わたや合成繊維入りのふとんをはじめ、モヘアやウールの毛布や電気毛布、羽ふとんやタオルケットなどがひしめいている。枕のほうは「全ソバガラ」「パンヤ」「羽枕」、そして、「プラスチックの粉々枕」「フォーム製」と、まるで寝具の見本市である。現在の愛用品は西ドイツ製の薄手羽ふとんとカナダ製モヘアの毛布、枕は西ドイツ製の「プロピロ」なるフォームの枕だが、これらもいつ気が変わるか分からない。

現在でこそ、羽ふとんは静かなブームを呼んでいるらしいが、昭和三十三年頃の日本国では羽ふとんなどという贅沢品は「オダイジンだけが買う物」とされていたらしい。なんせ羽ふとん一枚の値段が、昭和三十三年は三万円、三十四年では三万五千円。当時の大学卒の初任給が一万円弱だったというから月給の約三倍で、現在の感覚ではまず五、六十万円というところだろうか。水鳥の羽毛は中国からの輸入ものと極わずかの国産品のみで、あまり上等品とはいえないが、なぜかふとんの表地だけはピカピカのサテンやジャカード織りの豪華版で、色彩もとびきりハデなものに限られていたとか、日本国特有の「あげ底スタイル」が羽ふとんにまで顔を出している。

ボンの羽ふとん専門店には、キンキラキンの表地は見られず、木綿の無地が殆《ほとん》どのノッペラボウだった。羽ふとんは原則として洗濯ができない。どうせスッポリとカバーで包んでしまうから贅沢な表地などお呼びがない、ということだろう。その代わり、中味の羽毛のランクはピンからキリまであって、軸ぐるみの羽や粗悪な羽ほど布地を突きやぶって羽が飛び出さないように厚手の木綿地で仕立てられて重量もある。軸を切り除いた上等の羽ほど薄手の上等木綿で包まれていてフンワリと軽い。つまり、ふとんの表地を一見すれば内容のよしあしが素人にも分かる、という寸法になっているのである。

日本橋、西川ふとん店の羽ふとん専門家の言葉によると、「現在の羽ふとんは西ドイツやスイスからの輸入品で、ハンガリー、ポーランド、チェコスロヴァキアなどから輸入された羽毛が西ドイツやスイスでふとんとして完成される」とのことである。羽毛の種類は五、六種で、中でもチェコの「プルゼン」の羽が有名。最高級品は「アイダーダウン」という野生のダックの羽で、色は黒く空気中にただようほどに軽い。羽ふとんで一番高価なのはその「加工代」だと言う。幾つかに仕切られたマス目の中に、空気に舞い上がるような羽毛を決められた目方だけ入れる作業は、さぞ大変だろうとおもう。

しかし、私の乏しい経験からいうと、零下二十度から三十度にまで気温の下がる北の国と同じ条件の羽ふとんは、日本国では必要がない。近頃、日本の二、三のホテルのスイートでは羽ふとんを使っているけれど、ホテルの常温は二十二度から二十三度と決まっているから、厚手の毛布一枚くらいで充分である。羽ふとんなど着て寝たら七転八倒の末ムシ上がってしまうのがオチで、私も、着れば暑いしはげば寒いのくりかえしで、とうとう大風邪をひいてしまったことがある。クシャミをしながらの帰りがけ、ニッコリ笑顔の支配人が寄って来て、「羽ふとんはいかがでしたか？　私どもではスイートのお客様にだけサービスをさせていただいております」と胸を張ったが、どういたしまして。

「オ前、着テ、寝テミイヤ、地獄ゼヨ」

と、心の中で呟いた。

カメラの中の私

「女優」になる条件の第一は、当然のことだが、まず「女優になりたいか、なりたくないのか」という当人の意志だろう。

優れた資質と、頑健な身体の持ち主であること、万人に好まれる「華」をそなえていること、そして努力と忍耐の人であること……などがそれに続くが、まだ西も東も分からない四歳のときに、周りの大人たちの意志で「映画界」に放りこまれた私には、それらに見合う条件はなにひとつなかった。

昭和五年。松竹映画撮影所に入社当時の自分の写真を見ると、出来損ないのドラヤキのごとく、ただペッチャンコである。が、はじめからベソをかいたような私の顔が、当時流行《はやり》の「母もの映画」「お涙頂戴映画」には、分かりやすくて都合がよかったのかもしれない。

映画撮影の他に、一カ月に一度、「ブロマイド」の撮影があった。着せかえ人形のように衣裳をかえては、二十版ほどのブロマイドを撮る。一版につき、二十枚のブロマイドが撮影の謝礼だった。

ブロマイドはよく売れた。

他人の子供の写真を買って、いったいどうするのだろうかと不思議だが、映画と芝居くらいしか娯楽のなかった昔のことだから、猫か仔犬の写真でも飾って楽しむのと同じようなものだったかもしれない。カメラの前に立ったら、なんでもかんでも「ニッコリ笑って……」と教えこまれて、みそッ歯をムキ出していた私を思うと、なんとなく哀れだが、その写真を眺めることでなんらかの慰めを得ていた人々の心情は、いっそう哀れである。

私の娘時代は、戦争に明け、戦争に暮れる毎日だった。おかげで私には青春などという結構な経験もなく、撮影所の帰りには風呂焚き用の枯枝を拾いに行ったり、大日本帝国の陸海軍への慰問隊の一員として、航空隊の格納庫や兵舎の食堂で下手くそな歌を歌っていた。

戦時中は、映画もほとんど男性主演の「兵隊もの」ばかりで、女優の出る幕は少なかったが、なぜかブロマイドはよく売れた。

当時のブロマイドはまことに体制べったりで、陸海軍の小旗をかざしたり、「国防婦人会」のタスキを肩にかけたりして、私は相変わらずニッコリと笑っている。

男たちは続々と出征し、女たちはせっせと「慰問袋」を作っては前線の将兵に送った。「慰問袋」というのは、手ぬぐいを二つ折りにして袋に縫ったもので、内容は、皇軍の兵士をねぎらう手紙をはじめとして、石鹼、菓子、人形などのこまごまとした物に、必ず女優のブロマイドが加えられた。

私のブロマイドもまた、慰問袋に入って大量に中国の各地や南方へと海を渡って行ったらしい。らしいというのはヘンだけれど、毎日撮影所に配達される、みかん箱に一杯ほどのファンレターのほとんどが、戦地からの「軍事郵便」だったからである。

「もしも、生きて帰ることができたら、あなたに似た女性と結婚したいと思います」

「昨日、自分の隣にいた戦友が戦死しました。戦友のポケットに、あなたのブロマイドが入っていました。自分のポケットにもやはりあなたのブロマイドが入っています。自分もまた、いつ戦死するか分かりません。あなたを戦死の道づれにするのは忍びないので、ブロマイドはあなたに送りかえします」

「中支の民家で仮睡したとき、民家の天井に貴方のブロマイドが貼ってありました。はがして持ってきたいと思いましたが、後続の兵隊のために、そのまま残してきました」

「慰問袋に入っていたあなたの写真のおかげで、今日までどんなに慰められたかしれません。自分は多分、今度の作戦で戦死するでしょうから、返事はいりません。ありがとうございました」

軍事郵便ばかりでなく、南方の将兵からは、差出人の名前もなく、ミッチェルの口紅一本、フランス製の石鹼二個などという小包も届いた。あて先はほとんど、「日本国高峰秀子様」あるいは「日本国　東宝映画　高峰秀子殿」で、よくも到着したものだとびっくりするが、書いた手紙が着こうが着くまいが、一枚の紙に焼きつけられた、もの言わぬ女性の映像に向かって、なにかしらを語りかけなくてはいられない、兵士たちの切実な想いが伝わってきて、居たたまれないような気持ちであった。

差出人が出す一方的な手紙を、私はただ受け取るだけ……とはいうものの、ブロマイドという自分の「影」が、勝手にあちこちと一人歩きしていることに、得体の知れない不安と脅《おび》えを感じるようになった。

「戦死した息子の遺品の中に、あなたのブロマイドがございました。所持者がいなくなりましたので、お返しさせていただきます。息子を慰めてくださいまして、ありがとうございました」

という、あるお母さんからの手紙に同封されていた私のブロマイドは、四隅がすり切れて、血糊《ちのり》で茶色く染まっていた。

その手紙を最後のように、戦争は終わった。


五十年余りの女優生活で、私は約四百本の映画に出演した。本人でさえ、完成した全作品を見たことがないくらいだから、その間に写されたブロマイドやスチール写真の数などはもちろんおぼえてもいない。

ブロマイドは単なる肖像写真だが、スチールは映画の場面の一コマと同じである。撮影現場には、常時スチールカメラマンがついていて、ポスター用、宣伝写真用などの写真を撮り続けている。

映画の撮影期間中は、私は、役名の何の何子という架空の人物を演じている。不思議なもので、メークアップをし、衣裳をつけて演技をしているときの私は、背中を撮られようが、足の裏を撮られようが、平気、というより無関心に近い。なぜなら、何の何子さんは、私自身ではないからだ。私の仕事は、脚本に書かれている一人の人物に「どうやって、血を通わせるか」「どうやって、映画のためのよりよき素材になるか」と、考えるだけである。

だからといって、あとは野となれ山となれ、というわけにもいかない。映画がクランクアップしてから、大体二カ月後には映画館で上映されて、映画ははじめて観客の前にお目見得する。そのころは、私はすでに次の映画の準備に入っていて、前の映画などはとうにカンケイなくなっている筈なのだが、そうもいかないのである。

前の映画が封切りされると同時に、映画を観て下さった方々からの手紙が多くなるからだ。とくに、日本人の三分の一といわれる観客動員を記録した「二十四の瞳」という映画の封切りのあとは、年配の方から小学生にいたるまで、手紙の数もとりわけ多かった。中でも、思いがけなかったのは、小学校、中学校の教師からたくさんの手紙をいただいたことである。

「教師という職業に自信を失い、明日辞表を出そうと決心したその夜、二十四の瞳を見ました。あなたの演じた大石先生は、私の決心を替えました。もう一度、教師として頑張ってみたいと思います」

「大石先生のクラスの生徒は十二人ですが、私の受け持つ生徒は五十人です。到底、五十人の生徒の全員には目も心も届かず、日夜悩んでいます。教師としての私の努力が足りないのでしょうか。あなたの御意見をお聞かせ下さい」

「現在の、教師という職業のありかたには多くの疑問があります。しかし、大石先生は、私が忘れていた一番大切なものを思い出させてくれました。明日からは、生徒にとって、よりよき教師であることに専念します」

それらの手紙を前にして、私はただ途方に暮れるばかりだった。どの手紙の内容も、ファンレターなどとは程遠く、あまりに切実であり、深刻であり、いいかげんな返事など書ける筈がなかった。

第一、私は大石先生ではないし、大石先生は私ではない。私はたまたま「大石先生」という教師の役を演じた、女優という職人にしかすぎないのである。

戦争中、ブロマイドという私の影が一人歩きしたように、映画の中の私の影もまた、一人歩きをして、ときどき私を困らせる。

「写真」という字は、真を写す、と書くけれど、写される側に、その覚悟がない限り、「真」は絶対に写せないものなのである。

映画の中にも、スチール写真の中にも、私自身はいない。ブロマイドという紙に焼きつけられて、営業用の薄笑いをしている私も、私自身ではない。

それなら、「写真集」など、なんの意味もないではないか、と言われそうだが、写真はまた、真を写すばかりが能ではない、と私は思う。

この写真集（編集部注・写真集『不滅のスター　高峰秀子のすべて』出版協同社）は、写真は「真」を写さない、という見本なのです。

「人づきあいはしない。物事に興味を持たず欲もない。性格きわめてぶっきらぼう」という私を、亭主の松山善三は「変人」だと言う。三十六年も連れそった亭主が言うのだから、多分そうなのだろう。

そんなやくざな私が、日頃敬愛する諸先生からこの写真集のために、たくさんのお言葉を頂戴できたことは、ただ、ただ、冥利《みょうり》につきる喜びである。

一世一代の素直な気持ちでお礼を申し上げます。

ありがとうございました。

自力回復——台湾薬膳旅行

「宮廷御膳珍品、補益美食専家」という中国料理店は、台北、南京東路のビルの三階にあった。

エレベーターを降りるともう店内で、ガラスのケースの中に、巨大な鱶《ふか》のヒレ、冬虫夏草、鹿の角、乾燥あわびや貝柱、燕の巣、銀耳（しろきくらげの別名）などが陳列されている。どれもこれも眺めるだけでお勘定が心配になるような、とびきり上等な材料ばかりである。

「ココ、若イ人、来ナイノ」と、中医（漢方医）の郭先生に言われるまでもなく、チラリと店内を見回せば、どのテーブルも一見して裕福そうな中高年のお客さんばかりが静かに箸を動かしている。ツユソバ一杯でも「鱶のヒレ入り」などと注文すれば、お金と一緒に目玉も飛び出す寸法になるから、若者にはあまりご用のない店だろう。

薬膳は、「冬蟲夏草《トンツォンシアツァオ》炖《トゥン》原隻吉濱乾鮑《ユエンツーチーヒンカンハウ》、兩吃《リャンツー》」という、ひどく長い名前の料理からスタートした。「冬蟲夏草」という漢方薬は読んで字の如しで、冬はミミズのような虫に見え、夏は草のように見える、という薬草で、黄金の味と言われる鮑《あわび》と一緒にコックリと煮込まれていた。太陽の光をたっぷりと吸い込んで、カラカラに乾し上がったあわびを、また水に戻して煮こむと、しっかりとした歯ごたえと旨味が出て、生のあわびやカンヅメのあわびでは到底味わえない「黄金の味」になるという。もちろん、このように贅沢プラス薬効などという料理は昔の中国では庶民には縁のないものだったろうけれど、中国人の「味覚」への執念と鋭さはとてもじゃないけど日本人の比ではない、とつくづくおもう。「兩吃」とは、同じ材料を二通りに調理した、という意味である。

盃をあげながら、郭先生が、「鮑ハ、眼ニヨロシイヨ、血圧モ上ガルシ、頭ニモヨロシイ、ドーゾ、ドーゾ」と、ニッコリした。

中国の人たちは、実にすすめ上手である。日本人のように「お口に合わないでしょうが」とか、「何もございませんけれど」とかいうギクシャクした挨拶ではなく、味より先に、「この料理は、あなたの健康のために召し上がるほうがよろしいですよ」というニュアンスでお客様に箸をとらせる。その心遣いのこまやかさ、巧妙さに、私はいつも感服してしまうのである。

鮑料理の次は、まことに大ごとだった。茶碗蒸しの器のような小さな容器が続々と運ばれてきた。中味は全部「羹《あつもの》」で、

「淮杞《ツンフエイ》炖《トウン》甲魚《チャユイ》」

「淮杞《ツンフエイ》炖《トウン》鰻魚《マンユイ》」

「西洋人蔘炖鶏《シーヤンルンスントウンチー》」
「人蔘炖鶏《ルンスントウンチー》」

の四種類である。「甲魚」はスッポン。「鰻魚」はウナギで、それぞれの器に最高のものは一本百万円もするという高麗人蔘と、強精に効力があるという枸杞《クコ》の実が入っている。「スッポンハ頭ト眼ニ良クテ、ウナギハ肝臓ニ良クテ、人蔘ハスベテニ効力ノアル最高ノ薬デス。デモ、白イ色ノ西洋人蔘ヨリ赤イ高麗人蔘ガ断然ヨロシイ」と、郭豊徳先生は力説する。白色にしても赤色にしても、人蔘はおせじにも「美味」とは程遠く、やはり良薬口に苦し、という感じである。

　四種類のスープがようやく片づいた、と思ったら、薄切りの牛肉と袋茸、甘味にパイナップルをあしらった炒めものが現れた。ぐっと目先を変えたというところで、憎い演出である。次の大皿は、中国の上等宴会料理には欠かせない蝦《えび》料理で「淮橙鳳尾蝦《ツンツウンフオンウエイシャ》」。レモン風味でカラリと揚げられた車エビに、ほんの一口「炒飯」が添えられているのは、「メニューはこれでお終《しま》いです」というサインである。

そして、しめくくりは「宮廷《コンティン》哙《クアイ》土瑪《トウマ》」。中国料理で最高のデザートとされている「燕の巣のスープ」である。断崖絶壁を、命がけで這いまわって略奪してくる燕の巣は、当然ながらゴミだらけで汚ない。燕さんのマイホームを長時間かけて丹念に掃除をし、真っ白に洗いあげて乾燥したものをまた水で戻して氷砂糖を入れて長時間煮込む。こうしてテーブルに上がるまで、いったいどれほどの人手がかかっていることだろうか。燕の巣は「肌を美しくする」といわれて、とくに女性に喜ばれるそうだが、まことに冥利に尽きるデザートである。

とろりと透き通ったスープをちりれんげですくっていたら、不老長寿の薬を求めて八方に人を走らせたという歴代の皇帝の逸話や、食卓に百種類の料理を並ばせたという西太后（一八三五～一九〇八。清の文宗の妃。徳宗のとき、政権を専らにし、反動政策をとった）の名前などがフッと浮かんできた。

歴史といえば、今日の薬膳会のメンバーは、もと歴史博物館館長の王宇清先生。

中医の郭豊徳先生と同姓の、もと参議院議員の郭健先生。正確で美しい日本語を話す郭健先生は、箸をとる間もなく私たちの会話の通訳で忙しい。

お料理もさすがに珍品ぞろいの豪華版だったが、客人もまた、「補益、宮廷料理」にふさわしい逸品ぞろいであった。

それにしても、なぜこの席に、私のような、まるでカンケイない人間が座っているのだろうか？　と横目で亭主を窺《うかが》い見れば、最近少々遠くなった耳をチョイとかたむけて、楽しそうに先生がたの話を聞いていた。

我が家の亭主の趣味は「病気」である。

結婚以来三十余年。つきあいの長い女房の私でさえ数えきれないほどいろいろな病気をした。まず、結婚一年目にして「腎臓結核」でひっくりかえり、東大病院に入院、のち三年間、築地のがんセンターに通院して注射を受けた。パス、ヒドラジッド、ストレプトマイシンと、三種併用の注射のせいか、折角の美青年が

「アレヨ、アレヨ」という間に半白髪のジジイに変身したのには驚いたが、以来、本格的に夫の「病気遍歴」はスタートを切ったのである。

第一回の手術は、鼻の中の毛細血管の焼きつけ工事で、異常なほどの鼻血ブーが一件落着したと思ったら、今度は二年がかりで体内に虫を飼いだしたらしい。日本国にはもう虫などという大時代なものは居ないというのに「おかしいネ」と思ったら、韓国旅行のたびに好物の生の牛肉ばかり喰べ続け、ついでに虫も仕入れて来た、というわけで、これも入院さわぎの結果、虫には早々に体外へとお出まし願った。

二メーター八十センチのサナダ虫であった。

亭主の病気も、日本国内のことならまだ許せるとして、馴れない外国旅行中の病気には全く閉口する。これは病気というよりアクシデントに近いけれど、あるときロスアンゼルスのコーヒーショップで、ジャイアントハンバーガーに喰らいつこうとした亭主が、突然「アイテテ……」とのけぞった。あんまり大口を開いたので、アゴの骨にヒビが入ったのである。蝶番《ちょうつがい》が閉まったままの亭主は帰国までの三週間、専らスープとスクランブルエッグを唇のすき間から流しこむだけで命を長らえ、全快するまでかれこれ二年ほどかかったようだった。

お次は、ドイツの「ボン」である。ライン川を見下す「ケーニッヒス・ホフ（王様の宮殿）」という、優雅なホテルにチェックインしたその夜半、亭主が突如として、「耳が痛いよォ」とウメき出したのである。とりあえずバスルームのタオルのすべてを動員して耳を冷やし、夜明けを待って大学病院に運びこんだら、成人には珍しい「急性中耳炎」とのことで即刻入院、十日間ののちようやく退院した。

サンフランシスコでは、散歩中に眼玉に鉄粉が突き刺さって、眼科で手術を受け、パリと北京では大風邪をひいてホテルで寝込み、ホノルルでは倒れた耳の鼓膜の立て直しで通院、と、もう忙しいのなんの、その都度看病役にまわる私のほうが、疲労と心痛でブッ倒れそうだった。遂には「水の上なら安全かも？」と、マルセーユから横浜までのフランス船に乗ったら、今度は全身に原因不明の湿疹《しっしん》が出来て、油と粉薬を塗りたくった姿は、キナコをまぶしたオハギさながらで、私は、「どこまで続くヌカルミぞ……」と溜息をついた。「お前サンは丈夫だねえ」と、亭主は皮肉まじりで言うけれど、亭主の看病で忙しい私は「病気をするヒマ」がない内に、何時《いっ》の間にかトシを取ってしまっただけである。

亭主と私はひとつ違いで、亭主は私より一個若い。が、亭主も寄る年波のせいか、六十歳の坂を越えたとたんに病気のほうもいよいよ佳境に入り、「趣味病気」などとふざけてばかりいられないような深刻なことになってきた。

二年ほど前から、軽い「脳梗塞《のうこうそく》」の後遺症で、「よだれが出る」の「物を落としやすい」のと、ブツブツ言っていたと思ったら、去年の冬は零下十七度のニューヨークのロケ先で「狭心症」の発作を起こしてブッ倒れた。それでも命からがら帰国して、「ヤレヤレ」と一安心したら、今度は「めまいがする」の「もう眼が見えぬ」のと足もとがフラフラしているので、ヒョイと顔を見たら片方の眼玉が真っ赤っか。眼科へ行ったら「眼玉の裏側に腫瘍のようなものが出来た」とかいうことで即、手術され、眼帯姿もものものしく御帰館になった。当人は「眼玉にキノコが生えちゃった」なんて言っていたが、眼玉の茸じゃ松茸ごはんも炊けやしない。

かてて加えて、最近は異常なほどの発熱悪寒のくりかえしである。食事中でもあれを脱ぎこれを脱ぎ、これを着てあれを着て、と忙しく、夜寝るときがまたひとさわぎで、毛布から羽ぶとんまでと、ありったけの寝具をひっぱり出してバタバタし、日毎に体調が崩れるばかりである。

それでも、エエカッコシイの亭主は仕事場へ出向くときにはエルメスのアスコットタイにカシミヤの上衣などきめこみ、シャネルの「プール・ムッシュウ」などをプンプンさせて、冷えこみ防止のモヘアの膝かけ持参でお出ましになる。が、帰ってきたときは疲労困憊《こんぱい》のヘナヘナで、家の中をナメクジの如く這いまわった末にベッドにころがりこんで虫の息である。主治医からは「強度の自律神経失調症」という病名をもらってはいるけれど、神経症ばかりは切ったり貼ったりの治療もきかず、森の石松じゃないけれど、いつ「戸板に乗せられて戻って来るかもしれない」と、古女房は毎日が戦々兢々《きょうきょう》である。

そんな女房のドタマの上に、ついに最大ショッキングな鉄槌《てっつい》が下った。

「ボク。ボケちゃったからネ。よろしく頼みまーす」

実を言うと、三十余年も亭主の世話をさせられて、いいかげんガタのきた私は、できれば亭主より一日も早くボケて、せいぜい亭主のお世話になって「もとをとってやろう」と、ひそかに思い企《たくら》んでいたところなのである。それなのに、過去形で「ボケちゃった」とはなにごとか！

「ボケるが勝ち」とはこのことである。

わかめとキュウリの酢のものに、ネギマ鍋、ほうれん草の白あえにだし巻き卵、という典型的な老人食が並べられた我が家の食卓に向かい合っていたときのことである。突然、亭主が「ねえ、台北へ行かないか？」と言い出した。

「台北？　なにしにサ」

「さっき、小川さんから電話があってね」

「ああ、お友だちの小川安三さん」

「彼、台北の有名な漢方医に診《み》てもらっているんだって。松山サンも具合が悪いようで心配だし、一度その先生に診てもらったらどうかしら？　ついでに美味《おい》しい中国料理を喰べて来ようよ。航空券送るからって」

「ふうん、台北ねえ」

「ボクの主治医もね、少し仕事から離れて旅行でもしたほうがいいって言うしサ」

「台北、……三年振りかなァ」

考えてみれば、亭主は今まで西洋医には診て頂いたが中医には一度も診て頂いたことがない。亭主の病状もヒョンなところから道が開けるかもしれないではないか。食事にしても中国には昔から漢方薬をたっぷりと使った「薬膳」という料理もあるという。夫の診察に便乗して、最近、日本国でもそろそろブームになりつつある本場の「薬膳」を、自分の眼で見、舌で味わってみたい。そして時間が許せば、私の大好きな「故宮博物院」へも行って来たい。

「去吧《チユイバ》（行きましょう）！」

と、私は叫んでバンザイをした。

「源美中医診所」は、私たちが泊まった「来来飯店」というホテルの筋向かいにあった。

ソファの置かれた清潔なロビーの棚には、薬名が書かれた白い陶器の器が整然と並んでいる。診察室の大きなデスクの向こうで、紫色のワンピースに大つぶの二連パールも華やかな女性が「コンニチハー」と、ニッコリした。目鼻立ちのはっきりとした美人である。「ええーッ？」。私は仰天した。

小川さんからは、「台湾の、最も有名優秀な漢方医で、中国人でもなかなか予約がとれぬほど忙しく、テレビでも週二回、漢方のレクチュアをしている大先生」と聞いていたので、私はテンから、真っ白いあごヒゲを垂らした八十歳か九十歳くらいの仙人のような老先生だとばかり思いこんでいたのである。

仙人ならぬ美女の郭周美先生は、美しくマニキュアされた三本の指を亭主の手首に置いて目をこらした。真っ白のスーツにストライプのネクタイ、と、これもカッコいいお父様の豊徳先生も立ち会って、気さくに通訳をしてくださる。「三本ノ指デネ、肝臓、胃腸、肺臓、ノ動キガ全部分カルノ」

亭主の両手の甲を見て、周美先生が言う。「眠レナイデスネエ」。掌《てのひら》をキューッと撫でる。「汗カイテイルノハ、水気ガタリナイ。イツモ喉カワキマス」。みんな当たっている。次は血圧の検査。「上百三十、下九十、ダイジョーブ！」と、周美先生はニッコリ、私もつられてニッコリである。

ネクタイをとらせ、亭主の喉のあたりを瞠《みつ》めた周美先生の表情が、今度はちょっときびしくなった。「日本へ帰ッタラ、主治医ト相談シテ、甲状腺ノレントゲン撮ッテクダサイ」「ハイ。分かりました」と、亭主の表情も少々緊張気味である。

診察室の壁には、何枚かの書が掛かっていた。その中の、ひときわ大きい額に「自力回復」とある。たった四文字だが、患者にとって、こんなに心強く、そしてきびしく、優しい言葉はないだろう、と感心する。

てきぱきと処方箋を書きこんでいた周美先生が「ダイジョーブ、心配ナイ」と、明るい笑顔をみせ、豊徳先生が「美味《ウマ》イモノ喰ベテ、リラックス、コレ、一番デス」と、親指をピン！　と立ててみせた。

やんごとなき「宮廷料理」のあと、王先生、郭先生という最高の案内役にくっついて、はじめて「歴史博物館」を訪問。こぢんまりとした建物だが中味は濃く、「唐三彩」の大コレクションには圧倒された。とくに、女性の「俑《よう》（唐時代の副葬品)」の優雅さ、愛らしさ……まさに口福のあとの眼福であった。

売店で、子供が牛を連れて川を渡っているリトグラフを買う。鼻先に浮かんでいる水鳥を見ている牛の眼が、黒々と大きくて、優しい。郭先生がその眼を指さして、「この眼玉は、メガネ、要りません」と、冗談を飛ばした。


「華西街」は、道の両側に食堂と店舗がひしめく賑やかな通りである。

夜ともなれば煌々《こうこう》と輝く電灯とおびただしい人出で、凄い活気だ。目ざすは海鮮料理「台南担仔麵」。勝手知ったる小川さんは、魚の水を得た如く、ツイツイと器用に人波を乗り越えてゆく。チラと横の看板に目をやると、「薬燉鼈内湯《ヤオトウンピエネイタン》」「蛇肉湯《スーロータン》」と大書された店先に、生きたスッポンが這いまわっていたり、大きな金網の囲いの中に、何十四もの蛇がうごめいたりしていて、やはり、日本国の繁華街とは一味ちがう趣である。「台南担仔麵」は、昔は屋台のソバ売りだったそうだが、いまでは大成功をして、支店を何軒も持つ料理店である。店の前に、今日の材料がきれいに並んでいて、魚が大好きな亭主と小川さんは、眼をランランと輝かせて、あれダ、これダとメニュー作りに忙しい。

ハデな壁紙と、キンキラキンのシャンデリアで飾りつけられた店内は超満員で、活気と熱気でむせかえるような雰囲気である。「オマチド！」と、料理の皿がやって来た。「茹で上がったばかりの車エビ」「とこぶしのアンかけ」「鰻の蒲焼き」「螺《にし》」「ムツゴロウの天ぷら」「鯛の蒸し煮」「蛤のスープ」と「ほうれん草のニンニク炒め」、そして、「担仔麵」。「薬膳料理」では借りてきた猫のようだった小川さんは、突如として飢えたる虎と化し、二つの博物館めぐりでヘトヘトになった私たちも、いまや食欲のオニである。

小川さんの箸が、こってりと焼き上がった蒲焼きに突進する。山盛りの螺と格闘している私の目の前の小皿に、恥ずかしいような速さで螺の貝殻が積もってゆく。

空きっ腹に流し込んだ紹興酒に頬をピンク色に染めた亭主は、わき目もふらず、車エビの殻をひきちぎっては口へポイ！　の作業で一心不乱。

「美味イモノ喰べテ、リラックス、コレ一番」という郭豊徳先生の一言が思い出される。

我が家の亭主も、これだけ食欲があればまず安心。

「台北へ来てよかった」。私はホッと一息ついて、紹興酒のグラスに手をのばした。

梅原龍三郎と、キャビア

年中無休、自由業の私たち夫婦は、この十五年来、休みをまとめて取ることに決めている。冬と夏の二回で行く先はハワイのホノルルである。

ホノルルでは、映画はほとんど東京と同時上映だが、街の映画館とは別に、「アカデミーアーツ」に隣接した小さな劇場で会員制の映画ファンのために、選び抜かれた、というか、ちょっと辛くて美味しい映画だけが上映されている。上映は一回こっきりだったり二、三回だったりで時間もバラバラだが、私たちはこの映画会のファンなので、バスに乗ってトコトコと出かけてゆく。入場料は三ドルである。

この冬は、中国映画「赤い高粱《コーリャン》」と、デンマーク映画「バベットの晩餐会」を見た。語学に弱い私に、デンマーク語ときては全くお手あげで、ストーリーも半分ほどしか理解できなかったけれど、この映画のハイライトである後半の、主人公バベットが作りだす料理の素晴らしさに目をムイた。どの一品も、食いしんぼうなら思わず溜息が出るほど、代表的、かつ、贅沢、かつ、高価なフランス料理ばかりだったからである。

最初に現れたのは「海亀のスープ」で、活きている大亀をバラして牛のヴイヨンと共に大鍋でコトコトと煮つめたスープで、日本料理ならさしずめ「スッポンの吸いもの」というところだろうか。私もパリのマキシムで一度だけ頂いたことがあるが、そのときスープ皿に浮いていたのは、確か薄焼き卵の細切りだったと思うのだが、バベットがパラパラッと散らした丸い玉が、どうやら亀の卵らしいのでギョッとした。

海亀の卵は珍品中の珍品とされていて、以前、香港の友人にさんざご高説を聞かされた上に「海亀の卵」をご馳走になったことがあったからである。こんなスープの次にはいったい何が出てくるのだろうか？　いずれにしても「こりゃエライことになるらしい」と、私はスクリーンに向かって居ずまいを正した。

銀皿に並べられた小さなパンケーキの上に、バベットの手がのびる。指先のティースプーンに山盛りになっている黒いモノは……。当たりィ、やっぱり「キャビア」であった。

チョウザメの卵を塩漬けにした「黒い宝石」と珍重されるご存じキャビアは、そのあまりの高価さゆえか、「ケチケチと用い」「チビチビと食す」というきまりでもあるらしいのが私の気に入らないところである。オードヴルのカナッペに申しわけ程度に載ったキャビア。魚料理にパラパラッと散らされたキャビア。そして半熟卵の上におごそかに鎮座ましますキャビアさま。なにごとも白黒をハッキリさせたい性質《たち》の私は、キャビアが好物なだけにそうしたみみっちさを見るとガックリくる。太宰治風にいうならば、「エバるな、キャビア、もっと食わせろィ」である。

もちろん財布の中身さえ気にしなければ、キャビアはデパートでもマーケットでも買えるし、レストランで何人前でも注文することもできる。しかし、そうしたことが、貧乏性の私にはできないのである。金銭のことはさておいて、人間、自分の許容範囲は自分自身で守らなければいけない、と、私は思う。こと食べものに関しても、歯止めのきかない人間ほど尊大、傲慢に走って見苦しい。私のような半端人間に「キャビアなんて身分不相応なのだ」という思いがチラと心をかすめるのである。古人間といわれてもしかたがない。

だからといって、「キャビアが無ければイクラがあるサ」というわけにもいかない。キャビアはキャビア、イクラはイクラと、各々人格？　を持っているのだから「レッドキャビア」などと呼ばれてキャビアの代用品にされては、イクラは迷惑だろう。

　イクラの好きな人間はキャビアにも目がなく、わが家の夫・ドッコイもひそかに上等のキャビアをぞんぶんに食べてみたいという願望があったらしく、いまから三十年ほど前、パリ、ヴィクトル・ユーゴー通りの「プルニエ」で遂に断行した。大きな銀盆一杯に敷きつめられた欠き氷の真ん中に埋まった銀器には、たっぷりのキャビアが盛り上がっていた。白髪黒服のギャルソンが眼の高さに捧げ持った銀盆を私たちのテーブルに置いたとき、私はふと人の視線を感じて周りを見まわした。近くのテーブルについていた客の目玉がいっせいにキャビアに注がれていたのである。その眼が、あきらかに、「東洋のガキどもが生意気にキャビアを注文したぞ」といった、羨望と嫉妬に光っていたことを、私はいまでも忘れない。

　いまは亡き、梅原龍三郎画伯はキャビアとフォアグラが大好物で、昼食にも夕食にも薄いトーストにキャビアを盛り上げては楽しんでいた。

「パリのオペラ座の近くにキャビアだけ食わせる店があってネ。ソバ粉を薄く焼いてキャビアを包んで食うのサ。あれは美味かった。ウン。ブリニとかいったかな？」

という同じ話を、私は何度聞いたか分からない。私はブリニを食べたことはないけれど、バベットがパンケーキの上にキャビアをごってりと積み上げている画面一杯に、なつかしい梅原先生の面影が広がった。

梅原先生は八十歳のころ「痛風」を病んだ。食いしんぼうで知られる梅原先生のお宅にはひきもきらず山海の珍味が到来したが、キャビアとフォアグラは痛風の大敵である。キャビアが到来すると、先生はちょっぴり口惜しそうな表情で瓶ごと私たちにお下げ渡しになった。キャビアにもピンからキリまであって、大粒、小粒、塩気の強いもの弱いもの、キャビアまがいのインチキもの、といろいろだが、あるとき、「これはたったいま、ロシアから持って帰ったんだそうだヨ」と下さったキャビアの味だけは、私は一生忘れはしないだろう。大きなプラスチックの容器にギッシリと詰められた生のキャビアは、かなりの大粒で半透明の銀色に輝いていた。スプーンですくって口に入れると、歯ざわりもなく、いきなりトロリと舌にまとわりつく海の香気と形容しがたい濃厚な味わいに、私は、「これがキャビアというものか……」と、大げさではなく目からウロコが落ちる気がしたものだった。バベットの晩餐会ではないけれど、一度だけ、一生に一度きりの口福だったとおもう。

映画の中で、テーブルについた十二人の、宗教上にも決して相容《い》れないはずの会食者たちが、お互いに肩の力を抜きはじめるのも、「ドミドフ風キャビア」の皿が、拭われたように空にされた直後のころである。

「たかがキャビア、されどキャビアかな？　ウッシッシッ」

と笑う梅原先生の声が聞こえるようだった。

お待ち兼ね、メインは「うずらのフォアグラ詰めパイケース入り」という料理である。画面は平らにのばしたパイ種をグラスの口を使って器用にくり抜いてゆく作業からはじまる。掃除をしておなかを切り開いたうずらに、フォアグラと刻んだトリュッフを盛り上げて再びおなかを綴《と》じ合わせ、パイケースに入れてオーヴンで焼く、という手順になる。

「うずらのフォアグラ詰め」。こんな美味しい料理はない！

私ごとだが、三十四年前の、松山善三と私の結婚披露宴の光景が浮かび上がってくる。当時、銀座裏に「シド」という小さなフランス料理店があった。かつての首相吉田茂さんに可愛がられていた「支度さん」という名コックの店で、メニューのどれもこれも結構だったが、とくに美味だったのは「うずらのフォアグラ詰め」なる一品だった。艶やかに焼き上がったうずらにナイフを入れると、おなかに詰めた半生のフォアグラがトロリと流れ出す。うずらはパイケースには入っていなかったけれど、小さな三角のパイがチョコンと添えられていたこともよく覚えている。

女優の仕事は、そと目には華やかでも、私にいわせれば単なる肉体労働者である。朝は寝起きで家を飛び出して撮影所入りをし、昼食は食堂のカレーライスかサンドイッチ。出前をとってもせいぜい日本ソバかチャーシュウ麺である。昼休みの一時間は、インタビュー、化粧のし直し、衣裳がえなどで秒刻みだから、メシがどうのとゴタクを並べているヒマなどなく、一時から再開される仕事のためのガソリンを注ぎ込むようなものである。ロケーション撮影や夜間撮影に支給される食事は汽車弁かおにぎり程度で、これも「エサ」そのものという感じだから、たまの休みには、それこそ身分不相応な食事でもはりこんでやらなければ、精神衛生上にも欲求不満でひっくり返りそうになる。私は結婚前に、レストラン「シド」で松山サンと何度かデートをして、好物の「うずらのフォアグラ詰め」を楽しんだ。昭和三十年の結婚披露宴会場は「シド」。ディナーのメインは、「うずらのフォアグラ詰め」だった。

いまでこそ、フランス料理のメニューで「フォアグラ」はさして珍しいものではないけれど、私の経験では、やはり、パリはフォション食品店の生のフォアグラが最高だったと思う。昭和三十三年、夫と二人でパリをうろついていたころ、私たちはチクチクと食費を倹約しては、フォションに走って、フォアグラとカマンベール、赤ワインとバゲットを買い込んでホテルの部屋で夕食を楽しんだものだった。いちばん上等のフォアグラには黒い線の入った銀紙がかぶせられていて、一ミリの狂いもなく切れる仕掛けになっているのがこっけいだった。

ホテルの床にスーツケースを置き、ナフキンをかけただけの食事だったが、勘定はそこらのレストランよりずっと高くつき、フォアグラ夕食の翌日はぐっと落ちてサンドイッチだけになるけれど、それでもフォアグラの魅力にひかれてフォション通いはやめられなかった。

究極の晩餐会も終わり、満ち足りた表情の十二人の会食者はようやく椅子から立ち上がる。一夕の、豪華な味覚の喜びが人々の心をすっかりやわらげて、屋外に出た彼らの手は自然につなぎ合わされていた、というところで映画は終わる。

ほとんど芸術品ともいえる料理を軸に、人間の頑迷さやモロさ、哀しさ、こっけいさ、恋や誇りなどがスパイスとなってちりばめられ、フィルムというパイケースに納められたのが「バベットの晩餐会」という、ホロ苦い映画である。

映画館を出て、帰りのバスを待ちながら、私は「今日の料理を日本料理にたとえるとしたら、どんなメニューになるだろう」と考えた。

たっぷりのバターと各種のスパイス、ワインやブランデーを駆使して、じっくりと時間をかけて複雑な味をかもし出すフランス料理と、調味料といってもせいぜい酒、塩、醤油と少なく、一にも二にも材料の新鮮さに頼って一瞬の勝負で繊細微妙な味を決める日本料理では、しょせん次元がちがうからどうにも話にならない。

かつお節を削り、だしをとり、刺し身を切り、スッポンをさばき、ワサビを下ろし、といった作業は、迫力に欠けて画にもサマにもならないだろう。

私はバスのステップに足をかけながら、「このテーマ、とても日本映画じゃムリだねぇ」と、心の中で呟いた。

出口入口

ところはハワイ州、ホノルル市。空港とワイキキの中間にある「アラモアナ・ショッピングセンター」は、三百余の店舗を擁する一大モールである。その中に、ご存知ハンバーガーの「マクドナルド」の店がある。

八月のある朝、私は、「ノースモーキング」と書かれたガラス戸を押して、スイと店内に滑り込んだ。私はこの店のフィレオフィッシュバーガーのファンで、よく来るけれど、今日の目的はちょっと違う。

朝食時間がすぎたせいか、店内には人影もまばらである。私はグルリと店内をひとまわりし、サーヴィスカウンターに手をのばして、三、四本のストローをちょろまかして外へ出た。

マーケットへ行けばストローを売っていることくらいは私も知っている。だが、マーケットのストローは細い。マクドナルドのストローはなぜか紙巻きタバコほどに太いのだ。私にとって、なにゆえに、その太いストローが必要なのか。

一昨年、軽い脳梗塞を患ったわが戦友・松山善三は、月に一度の定期検診と歯科医のチェックだけは欠かさない。その結果、「脳はフガフガ、心臓パタパタだけど、歯だけはシッカリだ」と豪語していた。

だが、その矢先、かかりつけの歯科医先生が病気になってしまった。妙なもので、たいていの人は歯科医だけは自分のお医者様が最高だと信じているらしく、戦友も他の歯科医を探すでもなくウロウロしているうちに、歯痛が起ったらしく、病状は限界に達した様子であった。こっそりと抗生物質などで痛みをゴマ化しているらしいけれど、歯痛というものはゴマ化そうとしてもおいそれとゴマ化せるものではない。古女房の観察によれば、「マグニチュード4、強震」というところである。

今年のホノルルの夏はひどく暑かった。温度の上下に抵抗力がなくなるのは年齢のせいで当然とはいうものの、それにしてもわが戦友、夫・ドッコイは元気がない。エエカッコシイの人だからツベコベガタガタ言わないけれど、相変わらず抗生物質と睡眠薬のお世話になっているらしい。口の中の震度4のせいだろう。

「東京と違ってたっぷり時間があるんだからサ。この際一度、歯科医に診てもらったらどうかしら？　歯肉癌なんてオッカナイ病気だってあるんですぜ。ホラ、以前に二人とも診て頂いたドクター・クリバヤシ、優しい先生だったわねぇ。そうしましょう、そうしましょう」

てなこと言って、私はある朝ようやく戦友を歯科医院に送り出した。

やがて、ルルルルと電話のベルが鳴った。

「モシモシ」

「ハイハイ」

「大変です。大変なことになりました」

「どうしたのサ？」

「ドクター・クリバヤシがね、これは歯ではなくて、歯ぐきの病気だって」

「それで？」

「歯ぐきのお医者にまわされることになった」

「歯ぐきのお医者？」

「そう。知ってるだろう？　ドクター・アムー」

「ゲエーッ！」

私は受話器を持ったままのけぞった。

八年ほど前、私はドクター・アムーの診療所に二週間ほど通ったことがある。

アメリカの歯科は分業システムで、歯科医の他に、歯ぐき専門、神経抜き専門、と細かくわかれている。歯科医は、歯の治療はするが、歯ぐきには一切タッチしない。私もドクター・クリバヤシの紹介で中国人医師、ドクター・アムー先生の治療を受けたのだが、あぁ、思い出すだけでも頬っぺたがひきつりそうになるほど痛かった、あの「ディープクリーン」。

「ディープクリーン」とは、先が鎌のように湾曲した鋭利なピンセットを歯根の奥まで突っこんで、徹底的に歯垢をこそぎ取る治療で、ガリガリ、ゴリゴリ、ギギギギギ……こうなるともはや、治療というよりは旋盤工場にでもまぎれ込んだとあきらめるよりしかたがない。しかし、この荒療治のあとは、歯肉と歯がぴったりと密着して、なんとなくグラついていた歯がしっかりすることは確かである。

「あの、鬼のアムー奴《め》、今度は戦友を旋盤にかける気か……」とガックリしているうちに、早くも予約日がきて、戦友はドクター・クリバヤシが撮影した十四枚のレントゲン写真を持って、アムー先生の診療所へと出かけていった。

「モシモシ」

「ハイ。どうでした？」

「上の奥歯三本に、ポケットが出来ているから手術だって」

「ポケット？」

「三本の歯の両側を切開して、ポケットをふさいで、また縫い合わせるんだって」

「なんだか、洋服屋みたいだね」

「ドクター・アムーが、ミセス・マツヤマによろしくって」

「そんなことどうでもいいけど、でも、大ごとだねぇ」

「あぁ、大ごとだ」

目玉の裏にキノコを生やしたり、歯の根にポケットを作ったり、と、ロクなものを作らない夫だが、口の中の手術ときては当分食事も不自由になる。さて、何を食べさせたらいいものか……と、私は早くも頭をかかえた。

夫・ドッコイはもともと優しい男性《ひと》ではある。が、年をとるにつれて、年々優しくなってゆく。その夫がある日私に優しく言った。

「お前、身体大事にしてくれよネ、お前に先に死なれると、ボク困るんだ」

「どうして？」

「だって、その日からボク、喰うものに困るじゃないか」

ずいぶん優しいことを言ってくれる、と思いきや、なんのこっちゃい、である。しかし、それほどまでに喰べものに情熱を持っている夫、手術のあとだからといって、おかゆとくず湯ではあまりに曲《きよく》がない。とてもボケてなんぞいられない。ガンバラナクチャ、である。

一時間かかって、手術は終わった。手術に当たってもアメリカのシステムは実に合理的である。まず手術の前に、「手術中にいかなる事態が起ころうと、異議は申し立てません」というペーパーに当人がサインをする。次に（夫の場合）「三本の歯の手術料、八百ドル」という見積書（？）にＯＫを出す。用意万端整った上で、はじめて「手術」という段階に及ぶのである。

手術後、鎮痛剤と、十二時間おきに飲む抗生物質の処方箋を受け取り、ビルの一階にある薬局でその薬を買って、ハイ、お終い、である。次の予約《チェック》は五日後だ。帰りがけに渡されたペーパーには、「熱いもの、辛いもの、冷たいものは避けること。嚙まなくてもよい流動食のみにすること」とあって、さて、いよいよ私の出番となった。

夫・ドッコイは好き嫌いが多い。流動食となると日本人のイメージとしてすぐ柔らかい「豆腐」が浮かぶが、彼は「白あえ」「ゴマあえ」「酢みそあえ」などのかいかいかい和えものは一切食さない。梅干をはじめ、漬物と名のつくものにはソッポを向き、マヨネーズはイヤ、さつまあげはダメ、里芋はキライ。

手術当日の夜はとりあえず、お吸い物と豆腐とヨーグルト、ということにした。

「吸い物」は、東京から持参した小豆島の手延べそうめんを二ミリほどにくだく。やわらかく茹でてから、昆布と鰹節の出汁《だし》をとり、酒と薄口しょう油で味を整えた出汁でまた煮こむ。それを椀に半分ほど盛り、上から半熟卵を雲のように流した。

吸い物が口中に散らぬよう、ここでマクドナルドのストローをそえる。そして「豆腐のおひたし」は、絹ごし豆腐をヤッコに切り、さらに五ミリほどにスライスする。

一晩水に漬けておいたたっぷり出汁の出た椎茸をしぼって取り除き、椎茸の汁に、酒、薄口しょう油、塩で味をつけて少し煮つめる。豆腐を椀に盛った上に、椎茸汁をかけて一時間ほど置いてから、スプーンをそえた。

（これも混ぜればストローでいける）

いやいやではあったろうが、戦友がのどに流し込んでくれたので、私は翌日からマーケットを駆けずりまわっては、自己流の流動食を作りつづけた。歯はダメだがからだはピンピンしていてお腹も空くという病人だから、嬉しいような、始末が悪いような、なんとも複雑な気持ちであった。

こうなったらもう、やがて私たちの将来の食事になる「老人食」のリハーサルだと覚悟をきめるよりしかたがないだろう。

読者のご家族の中には、こういうケースの病人も、あるいは……と思い、少しメニューを書いてみる。

■野菜スープ

玉ネギ、にんじん、ピーマン、じゃがいも、セロリなどを、米粒ほどに刻み、チキンスープでコトコトと煮こむ。だし取り用の袋に、ベイリーフ、オレガノ、エストラゴン、タイム、ブラックペパーなど、好みの香辛料を入れて、煮出したら引きあげる。野菜がくずれるくらい柔らかくなったら、酒と塩で味をつけてお終《しま》い。ベーコンかハムを入れて、味が出たら引きあげるのもよい。多めに作っておくと、洋風おじやにも利用できて便利です。

■合の子卵

茶碗蒸しと卵豆腐の中間くらいの柔らかさにするため、卵二個と、卵の二倍の出汁を混ぜて蒸しあげる。その上に、少し濃いめの八方出汁におろし柚子を混ぜて、たっぷりとかける。これも、かきまわせばストローでのめます。

■ピータン粥

冷やご飯をチキンスープでトロトロに煮こむ。八角を入れて、香りがついたら引きあげる。ピータンを刻んで入れ、少し煮たら長ねぎのみじんとおろしショウガを入れて火をとめる。調味料は、五香塩だけ。

■冬瓜《とうがん》のくずひき

冬瓜を三センチ角に切り、一度茹でてから、出汁ですき通るまで煮る。酒、薄口しょう油で味をつけ、水ときのくずでトロ味をつけて椀に盛る。おろしショウガを天盛りにする。

■メキシコ風オムレツ

ボールに卵を二個割り入れ、タバスコ、レッドペパー、パプリカを入れ、塩、胡椒で味をつける。色どりに、あさつきかパセリのみじんをパラリと入れてかきまわす。

フライパンにたっぷりのバターをとかして熱し、卵を一気に入れる。まわりがブツブツと煮え上がったら、箸で大まかにグルグルとかきまぜて、すぐ皿に移す。

形などにこだわらず、ただ、ただ柔らかく仕上げること。オレンジ色のオムレツで、ピリリと辛いところが一風変わっていて美味しいです。

■フレンチトースト

一人前として、ボールに卵一個、カップ二杯の牛乳、砂糖少々を入れてときほぐす。厚切りの食パン一枚を入れてやわらかくなるまで放っておく。

フライパンにたっぷりのバターをとかし、パンを入れて焦げめをつけてから、ボールに残った牛乳を入れる。トロトロにするためにさらに少しずつ牛乳を足して、フウワリとなったら皿にとってパウダーシュガーを振りかける。シナモンの粉を混ぜても美味しい。お箸でも喰べられます。

■タピオカ

中国料理材料店に売っている中位の粒のタピオカを鍋に入れ、二、三回洗うようにして水を替え、たっぷりの水にひと晩つけておく。中火で煮て、氷砂糖を入れ、すき透ってきたら鍋の底につかないように木へラでゆっくりかきまわしながら水を加えてゆき、透明になったらヴァニラエッセンスをチョロリとたらす。牛乳を入れてちょっと煮る。タピオカは、中国、タイ料理のデザートに使うが、ドイツの病院では、小粒のタピオカを水で煮て、牛乳と砂糖を加えて、オートミールのようにして患者に出す。スープスプーンをそえます。

こうして書きならべてみると、どれも簡単な料理ばかりだけれど、流動食を作るのは意外と時間がかかり、面倒なものだ、ということがよく分かった。夫の場合は口中の片側にしか食べものを入れられないので、マクドナルドの太いストローは実に役立った。

五日目のチェックで、切開部分をおおってあったチュウインガム様のカバーをとりかえ、さらに五日後にはカバーが外されて、経過は良好のようである。まずはメデタシ、と、夫は久し振りにビールのコップを、私は水割りのグラスを挙げた。快気祝い、というよりも、三本の歯の「再生工事」の完成祝賀会、というところである。

祝膳メニューが「つぶしアボカドのフレンチドレッシング和え」「山芋のすり流し」「豚足の煮込み」ではあまり冴えないがしかたがない。

雑文書きの仕事と読書の時間を割いて、一日平均三時間は台所につっ立ってスープ鍋をにらんでいる私を「見るに見兼ねる」と、夫は毎晩、三十分ほど私の足先をマッサージしてくれた。台所のあと片づけを終え、ベッドに足を投げ出して、私は太平楽をきめこむ。持つべきものは戦友だ。

「この次ホノルルに来たら、あとの歯のディープクリーンをするって、ドクター・アムーが言っていた」

「痛いけど、しかたないか」

「美味いもののためにはね」

「そろそろ、病気も品切れですね」

「もうひとつあるよ、大手術が」

「えーっ？　今度はどこの大手術？」

「ジですよ、ジ。お尻の痔」

「──」

「今の内にやっとかないとサ、寝たきり老人になったときにカッコ悪いもの」

寝たきり老人になってもオシャレでいたいなんて……まあ、心がけとしては悪くないけど御苦労サマなことである。

しかし、考えてみれば、人間の口とお尻は密接な関係にある。入り口の補修が終わったら、出口の修繕もしておくのは理の当然というべきかもしれない。

眼から芽が出た

婦人雑誌を開けば、今日もグラビア頁は料理とファッションの花盛りである。とくに料理のカラー写真は、こよなく豪華で高価《たか》そうで、思わず溜息が出る。が、これらの料理を、いったい何人の人が実際に作ったり味わったりするのだろう？　「あーら、ステキ、美味しそう！」と、御馳走を眼で食べて、使うアテもないスパイスの名などを一つ二つ暗記して、あとは、「えーと、今夜はやはり、ほうれん草のおひたしとカレーライスにしましょ」なんてのが現実というところだろう。わが家とてまた同様、グルメブーム、どこ吹く風である。

そこで、「カレーライス」の話になるが、「カレーライス」と「ラーメン」には全くエンが御座いません、という日本人は、まず、いないだろう。御用とお急ぎのせっかち人間にとって、この二品ほど安直で便利な食べ物はないし、家庭の台所の戸棚の中にも、なには無くとも「インスタント・カレー」と「即席ラーメン」がシッカリと同居しているのは御存知の通りである。

私たち日本人のほとんどは、「カレーライス」をインドの食べ物と思い、「ラーメン」を中国の食べ物と信じて疑わない。が、その二品が、実はオリジナルとは程遠く、ほとんど「日本の味覚」に変身してチャッカリと台所に納まっているところが不思議といえば不思議である。

例えば、中国本土や香港、台湾の中国料理店に入って、「ラーメン頂戴」と注文してもほとんど通じない。「ラーメン」という名称もアクセントもすべてが日本製なのだから通じないのは当然である。日本でいう「ラーメン」は、スープがたっぷりとした中華ソバのことだけれど、中国ではスープ入りの麺はすべて「湯《タン》麺《ミエン》」と呼ぶ。

「ラーメン」の「ラー」という音は、中国の「柳麺《リユウミエン》（柳の葉に似た形の麺）」、または、「羅《ラ》（薄い絹織物）」、あるいは「撈麺《ラオミエン》」、「拉麺《ラアミエン》」の、いずれかがなまったものらしいが、「撈麺」の「撈」は「かきまぜる」という意味で、汁気のない麺にオイルをかけてかきまぜたものが「撈麺」だから、日本のラーメンとは全くちがう食べものだ。とすると、いったいどれが日本のラーメンの「ラー」に当たるのか、……私も長年気になっていたのだが、最近、『文化麺類学ことはじめ』という本に、「拉麺の『拉』には『手でひっぱる』という意味があるから、いままで語源不明といわれていた日本の『ラーメン』は『拉麺』が一番説得力が強い」と、国立民族学博物館の石毛直道教授が書いていられたのを読んで、ようやく納得がいった。

一口に「麺」といっても、中国の麺の種類はビックリするほど多種多様だ。日本のソバのように折りたたんで包丁で切る麵、両手でひっぱって細くのばす麵、生地を小孔のあいたシリンダーに入れて圧力で押し出す麵、といろいろで、それぞれの麵に名称がある。日本ではそれらの麵をひっくるめてスープをかけたものを「ラーメン」という食べものに仕立てあげた様子である。

まァ、「ラーメン」でも「中華ソバ」でも、目クジラ立てて議論するほどのことでもないからいいとして、「トンカツ」「メンチカツ」「ハヤシライス」「オムライス」などもまた、日本人が勝手に作ったカタカナ英語である。「トンカツ」はたぶん「ポークカツレット」(PORK CUTLET)の変形だろうし、「メンチカツ」は肉のミンチに衣《ころも》を着せて油で揚げたものだし、「ハヤシライス」は、日本の林さんという人が発明したから、という説もあるけれど、これもマユツバで、たぶん「ハッシュド・ビーフ」(HASHED BEEF)が縮まった名称だろう。「オムライス」に至っては、ケチャップなどで味つけをした炒め御飯を薄焼き卵で包みこんだふしぎな料理で、外国にはその類似品すら見当たらない全くのメイド・イン・

ジャパン。日本人は、他国のオリジナルを解体、研究、部品を変えて「○○もどき製品」をでっちあげる天才である。

日本人が平均一週間に一度は食べるという「カレーライス」も「ラーメン」同様で、外国のレストランで「カレーライス」と注文してもウエイターはキョトンとするばかりだろう。英語のメニューには「CURRY WITH RICE」はあるが「カレーライス」は無いからだ。

カレーの本家、インドの南部では米が主食だが、北部では水で練った小麦粉を平らにのばして、タンドールという土製の深いオーヴンの壁面にペチャリと押しつけて焼きあげる。特大やわらかせんべいのような「ナーン（NAAN）」にカレーをつけて食べるから、「CURRY WITH NAAN」ということになり、いずれにしても「カレーライス」というものは日本国以外には存在しない。

日本の食生活に「カレー」が登場したのは明治の中頃だというから、私が子供の頃に食べた「カレーライス」は、ごく初期のカレーもどきのカレーライスだ。

「カレーライス」が、大日本帝国陸海軍の軍隊食や街の食堂からようやく家庭に入りはじめた頃だろうか、当時の母親たちの作るカレーはほとんど似たようなものので、豚肉のコマ切れと、玉ネギ、人参、じゃがいものぶつ切りを水で煮立て、メリケン粉とカレー粉を入れてドロリとしたら出来上がり、という簡単なものであった。いま考えれば「豚入りシチュー、カレー風味」とでも言いたいような味だ。それでも、台所でカレーを煮る匂いがすると、「あ、今日はカレーライスだ！」と、胸が弾んだものだった。

五歳のときから映画の子役になった私は、家にいるより撮影所にいる時間のほうが長かった。食事は必然的に、出前迅速、胃袋に流しこみやすいウドンかソバ、またはカレーライスかラーメンと相場が決まってしまう。撮影所の食堂のカレーライスは、ウドン粉だくさんの母親の味よりはマシだったけれど、私は成長と共に「カレー」に目覚めはじめたのか、休日には新宿の「中村屋のカレー」を食べにゆくのが何よりの楽しみだった。ご飯にドロリとカレーがかかっている一皿こっきりのカレーとはちがって、中村屋では、まずお皿が現れ、そのお皿に品よくご飯が盛られ、次いで銀色の容器に入ったカレーソースが運ばれてくる、という演出だけで、当時では充分に高級っぽいカレーライスだった。

私たち日本人が普通「カレー粉」と呼んでいるのは、主に黄色に色づけをするための「ターメリック」という辛子色のスパイスだが、辛味を強めようとして分量を多くすると、かえってターメリックの苦味が増す。カレーの辛味はあくまでも唐辛子の分量によるわけだが、中村屋のカレーは、唐辛子もターメリックも控え目で、ブツ切りの鶏肉と野菜が入ったサラリとしたカレーで、かなり日本人向けにアレンジされた味だった。

三十歳で結婚してから、私はせっせと自己流のカレーを作りはじめた。三十歳のオバン女房が夫をつなぎ止めておくには「美味しいエサ」しかない、と思ったのと、それにはおふくろの味ならぬ女房の味を確立しなければ、と考えたからである。ある日、

「ボク、久し振りにおふくろのカレーライスを食べてくる」

と、夫はいそいそと横浜の実家へ出かけて行った。やがて、浮かぬ顔して帰って来た夫に、私はたずねた。

「お母さんのカレー、美味しかった？」

「あんな、赤ん坊のウンチみたいなカレー、食えたもンじゃない。昔はあんなカレーでも美味しかったのかなァ」

徐々に香辛料と唐辛子を増していった私のカレーに、夫はいつの間にか馴れてしまっていたらしい。その後も私がカレーを作るたびに、「もっと辛く、もっと辛く」とは言うけれど、お母さんのカレーのことは二度と言わなくなった。カレーのスパイスには、どうやら中毒になるような妖しき魔力がひそんでいるらしい。

昭和二十五年。私はパリで七カ月間の下宿生活をしていたことがある。その間、天ぷらソバやおすしも恋しかったが、ピリリと辛い「カレーライス」も懐かしかった。が、当時のパリには「カレー専門店」などは一軒も無かった。たまたま、あるレストランのメニューに「CURRY AU RIZ」とあるのをみつけた私は、やれ嬉しや、と注文して、食してみたが、これが全くの期待はずれでガックリした。鶏の切り身にひとつまみほどのバターライスがよりそい、ウッスラとカレーの匂いのするソースがトロリとかかっているだけで、色も香りもシマらなく、私のイメージにある「カレーライス」とは似ても似つかぬ料理だったからである。

考えてみれば、微妙繊細なソースこそ料理の命、と日夜ソース作りに余念のないフランス料理のコックにとって、なぐり込みでもかけんばかりの唐辛子の強烈さは、始末に負えない、といったところかもしれない。

最初に「カレー粉」なる複合香辛料を発明、発売したのはインドならぬ英国だそうだが、英国人もまた、カレー粉はせいぜい料理の風味づけに利用する程度らしい。アメリカのカレーもまた同じようなもので、ごった煮シチューにターメリックの黄色がぼんやりと加わっているだけで、飛び上がるほど辛いカレーは全く存在しない。鼻のアタマに汗を浮かべ、ヒーヒー言いながら激辛カレーを楽しむのは私たち日本人だけなのだろうか？

それにしても、日本人の異常なほどのカレー好きは、いったいどこからきたのだろう。日本料理にも、辛いものはある。まず、にぎりずしにそえられるワサビが辛い。フグの刺身につけるもみじおろしも辛い。おでんにそえる和辛子も辛いし、唐辛子をまぶした「柿の種」というおせんべいも辛い。

日本国に唐辛子が到来したのは、いまから約四百年も前だというから、日本人の唐辛子好きにはかなりの年期が入っている。辛子もまた「辛子れんこん」「辛子あえ」「辛子味噌」「辛子醤油」「辛子漬」など、単調な日本料理の中ではまあ異彩を放つ存在だけれど、辛子はどこまでいっても料理の脇役で、メーンとして使われることはない。

そこへゆくと、「カレー」の躍進はなんともめざましい。わずか百年も経たぬうちに、おふくろのドロリカレーから、カレーうどん、カレーパン、軽食堂のカレーライスから家庭用のインスタント・カレー、と、とどまることなく蔓延して、高級レストランのコンチネンタルのメニューにまで現れるようになったのだから大変な出世？　である。カレー粉の主原料となる「コリアンダー（中国語では香《シャン》菜《ツァイ》）」の輸入にしても、一九五七年には二十万トン足らずだったのが、一九八〇年には二百万トン（約十倍）にハネ上がったというのだから、日本人がいかに「カレーライス」を食い狂っているか、ということである。

しかし、なにごとにつけても、自分自身の眼や舌でシカと見定めない限りは納得ができない、という因果な生まれつきの私は、いつかは本場のカレーを味わってみたい、と思い続けていた。その私が、はじめてカレーの国を見たのは、昭和三十三年、夫婦でヨーロッパを旅行したときのことである。マルセイユから横浜まで、フランス船「ベトナム」に乗って帰国の途中、船は、ボンベイに入港した。

早朝、入港の気配に気づいてデッキに出た私を驚かせたのは、ひどい蒸し暑さと、一点の緑もない灰色の風景だった。すぐ眼の前に、建築中の工事現場があり、木組みのところどころに半裸の男たちが腰を下ろして食事の最中であった。「何を食べているのかしら？」と、眼をこらして見ると、左の掌にのせた大きな木の葉にのっているのはどうやらご飯のようである。ご飯の横には、親指の先ほどの辛子色のものがそえられていて、男たちは右手の指先でご飯を日本のにぎりずしのように押し固めては、練辛子様のものをチョイとつけて、口の中にはじき入れている。「あッ、カレーだ。彼らはカレーの弁当を食べているのだ」と思い当たったが、それにしても、ご飯にドロリのカレーライスのイメージからは想像もつかないカレー弁当で、私は仰天した。ボンベイの薄暗いレストランで食べたカレーは、そのあまりの辛さに、中の具が何であったかも忘れてしまったが、それでもコリずに、次の寄港地のセイロン（現在のスリランカ）でもカレーに挑戦しよう、と、船の中で手ぐすねをひいた。

私たちは、コロンボ港に到着したとき、港に近い宝石店で知人に頼まれたブルーサファイアを買った。日本語を話す店の主人が、私たちの案内役にと息子のアリー少年を貸してくれた。愛らしい九歳のアリーの案内で寺院や動物園を見物し、昼食のカレーを食べに行った。アリーによれば、「ココ、コロンボデ、カリー、イチバン、オイシ」そうだが、屋根もロクにないような、よく言えば素朴、悪く言えば貧相なレストランだった。はじめに出てきたのは、鶏一羽が底に沈んでいるとてつもなく辛いスープとナーンだった。直径三十センチほどの大皿に山と盛られた鶏肉入りドライカレーの量の多さにも目をムイたが、皿に取り分けようとしてフォークでつついたら、黄金色に染まった茹で卵が二個、ゴロンと転がり出たのには二度ビックリした。つけあわせは玉ねぎとトマトのスライスに唐辛子粉をふりかけたものと、すり下ろしたホースラディッシュ様のもので、どちらを向いてもただ辛いばかり、おでこに吹き出る汗をふきふきカレーと格闘している私たちを、アリーは心配そうに瞠《みつ》め、遠まきにして眺めていたボーイたちが「チャツネ（マンゴーなどで作る甘い薬味）」の瓶を持ってきて、手真似で「コレヲ　マゼテ　タベロ」と、同情してくれた。レストランの前の道を、背中に象使いの男を乗せた象がノッシ、ノッシ、と歩いていったのが印象的だった。

辛いカレーを食べれば食べるほど、カレーの魔力に魅入られたのか、ますますカレー大好き夫婦になった私たちは、外国に出るたびにしゃにむにカレーを食べ続けた。

スリランカのレストランでは、豚肉を除いて、鶏、羊、牛肉、エビ、カニ、魚、野菜、と、カレーの種類は多い。皿にペッタリと広げられたご飯の量はたっぷりだが、小さな浅皿に入ってくるカレーソースは、味噌汁一椀の半分ほどの量である。周りのテーブルを見まわすと、二人なら鶏と野菜、三人なら鶏とカニと羊、という具合に別々のものを注文して、適当にまぜ合わせては指先で器用に口の中へはじき入れている。土地の人でさえ、カレーソースは残りがちになるのだから、スリランカのカレーの辛さは推して知るべし、である。

シンガポールで食べたカレーの中では、あんこうのような大きな魚の頭やアラを煮こんだカレーが美味しかったし、三十センチほどに切った青々としたバナナの葉を皿代わりにしてご飯を盛り、各種のカレーを少しずつ混ぜて指で食べたのも美味しかった。

タイ料理店のカレーは、イエロー（ターメリック）、レッド（唐辛子）、グリーン（青唐辛子）、と三種類で、ココナッツミルクが入っているのが特徴である。これを「ステイキイライス（蒸したモチ米）」と混ぜて食べると、インド風、スリランカ風とは一味ちがっていて、また美味しい。

私は、はじめての土地へ行くと、まずマーケットを見物にゆく。そして、その土地の人と同じものを食べてみる。これが、その国を知る最高の手がかりだと信じているからだ。そして、もうひとつ見たいものは、その国の家庭の台所だ。家庭の味にこそ、レストランでは窺《うかが》い識《し》ることのできない民族の味と歴史が残されている、と私は思っている。

例えば、外国人が日本人の家庭を訪れて、朝食は、トースト、フライドエッグ、コーヒー。昼食はカレーライスかラーメン。夕食は湯豆腐と焼き魚と味噌汁とタクワン。といった食生活を見たら、日本人とはずいぶんと複雑で理解に苦しむ人種だ、と、首をひねるにちがいない。

いずれにしても、タクシーを使い、ホテルやレストランのご馳走ばかり食べていては、その国のことは分からない。歯がゆいことである。

胃袋さえ満杯になれば味なんざどうでもいい、という若者には理解の外だろうが、私のような食いしんぼうにとって、トシをとる、ということはまた「あと何食、好きな食事を楽しむことができるだろう」という切実な日々の連続でもある。フグだ、スッポンだ、フォアグラだ、キャビアだ、と、贅沢三昧な日をおくりたい、という意味ではなく、春先には「蕗のとう」の風味を味わい、夏には「枝豆」の爽やかな緑を楽しみ、秋には「茸」、冬には「鍋もの」と、ささやかでも季節そのものをじっくりと楽しめる、ということは、精神的なゆとりがあるという証拠で、やはりしあわせな老後といえるだろう。まずは、ありがたいことである。

トシをとるにつれて外国旅行もなかなかオックウになり、カレーを訪ねてインドやスリランカまでスッ飛ぶ元気は年々衰えてきたけれど、最近はこちらから出向かなくても世界中の料理が日本に集まっている。インドやスリランカやタイからも本場の料理人が来日してレストランを開き、居ながらにして美味しいカレーを楽しめるようになった。

インド料理では高級店の「タージ（TAJ）」は、地下鉄、赤坂見附駅から歩いて三分。店の雰囲気もよく、サーヴィスもスッキリとして心地がよい。「タージ」とは、立派、偉大、という意味だそうで、この店のシェフは、「タージ・マハール・ホテル」の優秀コックだそうな。私たち日本人は、インド料理というと即カレーと思いがちだが、タージのメニューには多種多様な料理が揃っていて、ぜんぜん辛くない料理も多い。インド風コロッケの「ムサカ」や、香辛料入りの玉ねぎスライスの精進揚げ（？）は、日本人の好みに合うと思うし、私も大好きである。

お手軽なところでは、六本木の「サムラート（SAMRAT）」で、ナーンが美味しく、味も値段も手頃のせいか、いつも若者で一杯である。六本木にはもう一軒、私の好きな「激辛カレー専門店」があったけれど、カシミール地方のカレーとやらは、頭の中が妙に涼しくなって真っすぐに歩けなくなるほど辛かった。いつの間にか店が閉まってしまったが、あまりの辛さに卒倒したお客でもあったのかもしれない。

歌舞伎座前の「ナイル」は、昭和二十五年以来の老舗で、私は中村屋同様にセッセと通った懐かしい店である。玉ねぎスライスのそえられた、サラリとしたカレーで、何度食べてもアキるということがない、普段着の味、といったカレーである。

このように、一口にカレーといっても店によってそれぞれ微妙に味がちがう。ということは、もともとカレー料理にはこれといった定義やレセピーは無く、味つけはコックの感性と舌にあるのだから、二人のコックが同時にカレーを作っても同じカレーが出来るとは限らない、というのがカレー料理というものらしい。

第一、黄色い色をしているから「カレー」とは限らない。辛いのも、甘いのも、赤いのも青いのも、みんなカレーである。

さて、スリランカで知りあいになった、黒くて細くてダックスフント犬のように可愛らしかった少年、アリー・モハメッド・アリーもいまや四十二歳。鼻デカ腹デブのオッサンに変身したが、いまだに私たちを、日本の「オトーサン、オカーサン」と呼んでいる。現在もスリランカに住んでいるが、くらしは中流の上、というところだろうか。奥さんのファテーマと五人の子供の他に、運転手、門番、女中、家庭教師、と、大家族である。ファテーマは、この大家族を養うために、日夜カレーのスパイス作りに忙しい。家には台所がふたつあり、ひとつはお茶の支度などをするおしゃれで近代的なキッチンで、料理をする大きな台所は、半分が外になっている。

スリランカには袋入りの混合スパイスも売られているが、ファテーマはそんなものには目もくれず、庭に据えられた大きな石鉢に十種類ほどの香辛料を入れて、長いスリコギ様の棒で丹念に押しつぶす。香辛料の種類と配合は、主婦によって微妙にちがうから、その家独特のカレーが出来るので、ちょうど、韓国の主婦たちが「キムチ」を漬けこむときに、塩辛や出汁、唐辛子や塩の配合で、わが家の味を作り出すのと同じである。

焼きつくような太陽の下で、サリー姿のファテーマが力一杯に棒を突きおろす石鉢の中の香辛料は、少しずつ、少しずつ粉末状になり、複雑な芳香が立ちのぼってくる。棒は堅木でズッシリと重く、カレー用のスパイス作りはたいへんな労働である。が、ファテーマの作るカレーは、いうなれば、代表的正統カレーとでもいおうか、インドやスリランカやタイの主婦たちのすべてが香辛料だくさんのカレーを作っているのかどうかは分からない。

カレーの決め手になる唐辛子の他には、ショウガ、コショウ、サフラン、コリアンダー、ターメリック、クミン、シナモン、カルダモン、ナッツメッグ、クローブ、ガーリック、ベーリーフ、メース、フェヌグリーク、などと、おびただしい数の香辛料がある。香辛料にもサフランやカルダモンのようにとびきり高価なものもあるし、匂いの好き嫌いもあるから、香辛料の種類や分量によって、それぞれの家庭の味が出来あがる、ということだろう。例えば、いつだったか、アリーがわが家へ遊びに来たとき、カレーの作り方を教わったことがある。台所に立ったのは私である。

「オカーサン、玉ネギアル？　玉ネギ切ッテ、ナベニ油イレテ、玉ネギ　イタメル。ソウソウ。オカーサン、カツオブシアル？　カツオブシタクサンイレテ、モットイタメル。ソウソウ。ソコへ　唐辛子ノコナイレル。モット、モット、イレル。カキマワス。ホラ、デキタ」

「えッ!?」

私はアッ気にとられた。

ややこしい香辛料にふりまわされて、作る前から製作意欲を喪失するようなカレーもあれば、三分で出来るカツオブシのカレーもまた、カレーである。そういえば、スリランカでは干した魚を細かく削って油で炒めた、まさにカツオブシのでんぶ様のものを薄いトーストにはさんで食べるが、アリーはそれを日本のカツオブシに置きかえて利用したわけである。なんのこっちゃい、である。

私たちが目の色変えて探し求める「究極のカレー」などというものはこの世にありはしないのだ。カレー料理にあるのは、大らかな自由だけなのだ。

首さしのべて鍋の中を覗きこむ私の眼から、新しい芽がピョンと出た。

白日夢――北京宮廷料理

北京。平成元年、四月二十一日。

北京空港からまっすぐにのびた青葉の並木路。両側は桃の花のまっ盛りだった。その、春の北京に雪が舞っている。「四月の雪?……」と、車のフロントガラスに首をのばす私の視線をひったくるようにして、サングラスの運転手は荒れ馬のごとき猛烈なスピードで突っ走った。

私たち夫婦は今回で五度目の訪中だが、北京ばかりでなく、中国には道路の信号が少ない。その上、高級車の運転手ほど、まるでそれが特権ででもあるかのようにスピードを上げるから、乗っている客は生きた心地がしない。市内に入ると自転車や人通りも頻繁になり、車をよけて、クモの子を散らすように逃げまどう人々を眼で追いながら、私たちは悲鳴をあげっ放しである。

「事故というものは、起きてしまってからでは後の祭りですからね。まあ、ゆっくりと行こうじゃありませんか」などというこみ入った中国語は喋れないし、そんなことが分かっていればこんなにブッ飛ばすはずがない。それが何より証拠には、私たちが恐怖のあまりに「ギャー」とわめこうが「ヒーッ」と叫ぼうが、バックミラーに映るサングラス氏は全くの無表情である。

北京市内には真新しいマンモスアパートや近代的なビルが続々と建築中だが、ビルとビルの谷間には、いまにも崩壊しそうに軒がかたむき、泥の固まりのような民家がこびりついていて、そこには庶民の生活の姿が見える。

天安門広場を左に見、右に中国の要人たちが住むという中南海地区を過ぎるころ、私たちの乗るロングベンツはようやくスピードを落とした、と思ううちに、二人のガードマンが直立の姿勢で敬礼する大きな門内へとすべり込んだ。手入れのゆき届いた庭の道なりに、ベンツはスルスルと進んでゆく。

眼前に、別世界が開けた。

随所に架けられた石橋の下の流れは美しく、水面に垂れる楊柳《ヤンリュウ》の葉、緑の庭に乱れ咲くピンクの桃の花、バラ、牡丹、タンポポ、すみれ、マーガレット……と一瞬夢の花園にでも迷いこんだようで、桃源郷とかパラダイスとかいう陳腐な形容詞しか浮かんでこないのがもどかしい。人影は、全くない。門外の風景とのあまりの違いに呆然としているうちに、ベンツは洋風二階建てのドッシリとした建物の車寄せに到着した。

「ここが今回の私たちの宿舎なのだろうか?」。私はおそるおそる車から降りた。入り口に、服務員と呼ばれる二、三人の若い男性がなんとなく突っ立っている。なんとなくというのはヘンだが、客が到着したからといって、日本のホテルのボーイのように「いらっしゃいませ」でもなければ、飛んできてスーツケースを持ってくれるでもなく、「出来れば自分たちでやったらどうォ？」という態度である。

広いホールから古風なスタイルのラセン階段があるのみでエレベーターはない。それでも日本から同行した年長者のライさんが、半分ニッコリ、半分は命令口調で二階の客室まで荷物を運ばせてくれた。十部屋ほどのドアの並んだ二階にも人影はなく、静かというより少々不気味な感じである。

天井の高い、十坪ほどの部屋には、ごく簡単な机と椅子と薄暗い電気スタンド。二つのベッドには古びたサテンのベッドカバーが掛かり、バスルームにはあまり清潔とはいえないようなタオルと、申しわけ程度の歯ブラシ一本と櫛が一個置いてある。まあ、あるべき物はあるのだが、なんといおうか「サーヴィス精神皆無」といったホテルである、といいたいが、考えてみればこの宿舎は、誰もが気易く泊まれるホテルではない。

「釣魚台国賓館（DIÀOYÚTÁI STATE GUEST HOUSE）」という国営の迎賓館で、日本国でいえば「赤坂離宮」、つまりお役所の一部なのである。そのようなやんごとなき宿舎に、なぜ私たちのような場ちがいの安物夫婦が泊まることになったかは、いずれ書くとして、「国営だからサーヴィスなしなんて、そりゃないんじゃないかしら？」と、私は部屋の中を機嫌の悪いパンダのごとく、ゆきつ戻りつしながら首をひねった。

このホテル……ではない、迎賓館のドアには、はじめから鍵がない。鍵の代わりに手渡されたのは、五センチ角ほどの黄色い紙片だけだった。表には金文字で「通行証」とあり、裏には「一九八九年。四月二十五日　止」とある。この通行証の所持者に限り、釣魚台内の歩行を許可する、ということらしい。

鍵といえば、広東でも一度鍵のないホテルに泊まったことがあった。一九六三年の秋、中国政府からの招待を受けた私たちは、生き馬の目を抜くといわれる香港から汽車で中国本土に入った。案内役は、中国随一といわれる高名な俳優の趙《チヨウ》丹《タン》、通訳の王効賢女史、映画演劇評論家の程季華先生の三人で、広東では温泉に入り、北京では撮影所を見学し、上海では趙丹の家で洋澄湖のカニをご馳走になり、蘇州では寒山寺を見物し、杭州では西湖で舟遊びをするなどと、こよなく楽しい旅行をさせてもらった。

広東の迎賓館は、「釣魚台国賓館」とは比べものにならない小規模な別荘風の洋館だったが、案内のボーイさんは、部屋へ荷物を運んでくれたあと、ドアの外側の鍵穴に大きな鍵をつっこんだまま行ってしまった。「散歩でもしようか」と外へ出て鍵をガチャガチャやっていると廊下に立っていたボーイさんがついと手をのばして鍵を取り、また鍵穴につっこんでニコリとして首を振った。どうやら「鍵をかける必要はない」ということらしい。私たちは鍵穴にぶら下がってゆれている鍵に心を残しながら散歩に出たが、私たちが広東の迎賓館を離れるまで、鍵は鍵穴にぶら下がったままだった。

広東の、鍵のない迎賓館に泊まってから二年経った一九六五年から、文化大革命がはじまり、私たちの敬愛する趙丹は、ある朝、上海の自宅から紅衛兵に連れ去られたまま、田圃《たんぼ》の中の一軒家にたった一人で五年三カ月の間監禁された（江青が、まだ「藍蘋《ランピン》」という芸名で映画界にいたころ、当時既に大スターだった趙丹の相手役になったことがある、というだけで、本当の理由はなにがなんだか分からない）。

四人組の追放後、ようやく解放された趙丹に会うために北京へ飛んだのは、趙丹と別れてから十年目、突然音信不通になった趙丹の安否を案じ続けていた私たちにとって、文字通り、涙と狂喜の再会だった。趙丹は、紅衛兵になぐられたという右眼の後遺症による眩暈《めまい》に悩まされながらも、その後、再度の映画代表として来日し、麻布のわが家も訪ねてくれたが、それから間もなく「上海の病院に入院しているらしい」というニュースが入った。

「どこが悪いのだろう？　容態はどうなのかしら？」

電話も手紙も、おいそれとは用を足さない中国情報不足にじりじりしながら、入院中だという趙丹のお見舞いに「せめて膝掛けの一枚でも」と思いついた私は、ある日小さな小包を作り終えてヒモを掛けていた。

「上海の撮影所に送れば、趙丹の手に渡るかしら？」と考えていたときに、電話のベルが鳴った。日中友好協会からの電話で、「趙丹さんが昨日、上海の病院で亡くなりました。病名は癌でした」とのことだった。

私は、膝の上に、宛て先を失った小包を載せたまま、しばらく石のように座っていた。私たち夫婦が、心底敬愛していた、かけがえのない老朋友《ラオポンユウ》を失った、という実感や悲しみはまだ湧かず、ただ趙丹の面影だけが断片的に浮かんでは消えた。

いまを去ること三十四年前、中国の映画演劇代表団長として来日し、わが家を訪れてくれたときの趙丹は四十五歳。山東人特有の、上背のある立派な身体、丸顔に含羞をたたえた人なつっこい眼、そして団員たちの人民帽と人民服の中で、ひときわ目立つベレー帽と赤いネクタイとトレンチコートが、スマートな趙丹によく似合っていた。解放後に再会したとき、北京の街角で、突風に吹き飛ばされそうになった松山と私を、ガッシリとした両腕に抱えて歩いてくれた趙丹。上海撮影所の試写室で、趙丹主演の「阿片戦争」や「聶耳《ニーアール》」を観たとき、試写室の隅っこに座って、恥ずかしそうに小さくなっていた趙丹。京劇「楊門女将」を撮影中のスタジオで、ベレー帽のままの飛び入りで、見事な京劇のふりをみせてふざけていた趙丹。趙丹の思い出は、それからそれへとキリがないが、文革後の再会以後、私が思い出す趙丹は、自分のこの眼で確かめたわけでもないのに、なぜか、田圃の真ん中の物置小屋に閉じこめられている、暗い表情の趙丹ばかりであった。

　趙丹の口から直接聞いた監禁中の話が、あまりに強烈だったからかもしれない。

　趙丹が監禁されていた田圃の中の掘っ立て小屋というのは、二坪ほどの土間で小さな明かりとりの窓がひとつ。板戸にかけられた鍵が外されるのは、日に二回、粗末な食事が放りこまれるときだけだった、という。五年三カ月間、家族との連絡もとれず、一歩の散歩も許されず、第一、自分が監禁されている理由も分からず、また、見張りの紅衛兵の少年たちも趙丹の「罪状」など知るよしもなかっただろう。

世の中には理不尽なことはたくさんあるけれど、俳優として最も充実するはずの、五十歳から六十歳という大切な時期を、わけも分からず独房で過ごさなければならなかった趙丹の無念さは、俳優のはしくれである私にもよく分かる。板戸に取りつけられた一個の鍵は、趙丹を完全に社会から隔離して、長い歳月を奪った。「鍵」というイメージから、私たちはつい、わが身の安全を守る、自己防衛のための道具と思いやすいけれど、鍵はまた、他人を徹底的に迫害する凶器でもあるのだ。

「釣魚台国賓館」で鍵の代わりをつとめるのは「通行証」だが、通行証の向こうには鍵よりもっと強い力を持ったたくさんの眼が光っているかもしれない。

「釣魚台国賓館」には、四十万平方メートルといわれる敷地に、新旧合わせて十九棟の客室がある。代々の皇帝の離宮として使われていたが、金の章宗皇帝が、池に土台を築いて釣りをしたことから「皇帝の釣魚台」と呼ばれるようになった、という。

ラストエンペラー「溥儀」がこの林苑を自分の恩師に下賜してから、十五棟の造型の異なるビルディングが新築されて、かつては毛沢東や周恩来も滞在し、キッシンジャーの宿舎にもなった、という。私たちの宿舎はその中の第四楼である。

午後七時半からの会食は、徒歩で十分ほどの第五楼の賓館で、とのことで、七時十五分すぎに隣室のライさんと三人で外に出る。相変わらずどこにも人影はない。

第五楼の広い宴会場には、私たちと前後して北京に到着した、香港在住の、これも趙丹と同様二十五年来の老朋友である伍《ウー》夫妻が待っていてくれた。人間というのは不思議なもので、同じ日本人同士でもまるで歯車が噛み合わぬこともあれば、伍さんのように広東生まれの香港育ち、言葉は広東語と英語、こちらは全く日本語のみ、と、ほとんど話が通じ合わなくても二十五年以上も交際が続いている、という例もある。

広東人はZ《ゼット》の発音が出来ないから、「善三」はいつまでたっても「センソ」であり、「秀子」は「ヘデコ」である。伍さんは香港でも有力なレストランチェーンの重役で大の喰いしんぼう、私たち夫婦も負けずおとらずの喰いしんぼう、というその一点だけが、どうやらおつきあいの接点であるらしい、不味《まず》いものを食べたときはお互いに顔をしかめ、美味《うま》いものを食べたときは目と目でうなずき合って、親指を立てる。まこと、君子の交わり水のごとく、表も裏もなく、心の鍵も開けっ放しの間柄である。

「美味い北京料理を食べにゆきましょう」

という伍夫妻の簡単な手紙が、今度の北京旅行の発端だった。今回のグループのメンバーは、伍夫妻と、伍夫妻の次女の姑であるカナダ在住、優雅な物腰の中国女性のクララ・ルイスさん。私たちと東京から同行した、日本在住五十年を過ぎるというのに日本語はまるでダメ、という、春風駘蕩《たいとう》、大人の風格を持つ実業家のライさん。ビルマ大使夫人で英語、北京語、広東語を使いこなす上海生まれのリリイ・レヴンさん。そして主賓のクレイグ・クレイボーン氏と、私たち夫婦の八人である。

リリイの友人であるクレイボーン氏は、『ニューヨーク・タイムズ』に食に関する文章を提供している著名な食味評論家である。中国語では「美食専欄家」、英語なら「FOOD CRITIC」ということになる。

年のころは七十歳ばかり、白髪長身の、物静かなアメリカ紳士であった。自らも料理を作り、フランスで勉強し、食に関する本も数多い。が、中国料理にはまだ手を染めたことがない。それならどうぞ……というわけで、今回のグループに招待されたようである。仕掛人は伍さんで、主役はクレイボーン氏。私たちは単なるお相伴という役まわりだから気楽なものである。

北京料理といってもピンからキリまでの味がある。ニューヨークから遠路はるばるやってくるクレイボーン氏に、最高の北京料理を提供したい、と、伍さんは近ごろ少々髪の毛が薄くなった大きな頭を悩ませたにちがいない。

当たり前のことだが、最高の味を作り出すのは最高の厨師《コック》である。そして最高のコックが居るのは最高の調理設備のある最高のレストラン、ということで、ひたすら最高を追いかけたどんづまりに、「釣魚台国賓館」がデン！　と鎮座ましましていた、ということかもしれない。

正式な北京料理のコースは、「宮廷料理」の名残で、なんでもかんでも大皿に盛られて食卓に運ばれる、という、日本人の中国料理のイメージとはかなり違う、繊細にしてかつお上品、というのが北京料理の特徴である。

今夕のメニューは、上海、広東の味もとり入れた北京料理である。まず、一品一箸ほどの前菜の小皿が七品現れた、と同時に、小さなロールパンが一個ずつサーヴされたのには驚いた。「中国料理にロールパン？……」と、自分の眼を疑った私も、そうそう、ここは迎賓館だったっけ、ここで食事をするほとんどの人は外国からの賓客なのだから、洋風の配慮も必要なのだな、と納得がいった。そう思うとこれからのメニューが楽しみになってきた。

前菜の小皿も、「アヒルの水かき」「トマトの薄切り」「イカの細切り」「小エビの唐揚げ」「キュウリの細切り」「えのき茸の醤油煮」「高野豆腐の細切り」で、中国料理には珍しく生野菜が二品入っている。

白ワインで乾杯のあとに現れたのは、蓋つきの小さなポットに入った亀のスープで、これもチキンスープや貝柱などで味つけされて少々西洋的な味に仕上げられていた。

二品目は、上等宴会料理には欠くことの出来ないご存知「鱶《ふか》のヒレ」の羹《あつもの》で、普通は姿煮が最高とされているが、今日のは鱶のヒレを細かくほぐし、豚肉、鶏肉、牛肉の三種の肉の糸切りと一緒に煮こんである。「三絲魚翅」というのがその名前で、私もはじめてお目にかかる素敵な料理であった。

三品目は小さなグラタン皿で、魚の切り身のチーズ焼きがフツフツと煮えたぎっている一品で、これも間違いなくアメリカ人のクレイボーン氏を意識しての料理だろうが、中国料理とは程遠い味だった。カラリと揚がったエビフライの次は、「龍井豆腐《ロンジン》」という逸品で、豆腐を上等な龍井茶で煮こんだ、淡白、かつ品格のある料理で、心なしかクレイボーン氏の目が輝いたように私は思った。

とどめの一品は、厳選されたドライフルーツや木の実を蜜で炊きこんだ濃厚な「八宝飯」。四種類の中国菓子と果物の盛りあわせで食事は終わった。

四月二十二日。

午前九時から十時まで、「先日死去した中国の要人、胡耀邦の葬儀がテレビで放映されます」とのことで、全員が伍さんのスイートに集まってテレビを見る。

しばしばクローズアップされる、直立した鄧小平は全くの無表情である。簡単な弔辞の朗読のあと、長い行列を作った要人たちが、透明な覆いの中に横たわる胡耀邦の遺体のまわりを巡って、静かに会場から立ち去ってゆく。物音はいっさい入らず、同じような場面のくりかえしが延々一時間続いて、不意に画面が消えた。

突然死とは聞いていたが、表情はおだやかで唇には赤みさえある胡耀邦の、死化粧だけが印象に残った。

胡耀邦の死については、ポツポツとニュースらしいものも耳に入ってくるが、どれも判然としない情報ばかりで、外国人である私などにその真相が分かる筈もないし、詮索の必要もない。たったひとつ分かっているのは、胡耀邦の死が「葬儀」という鍵をかけられて「過去」という彼岸のかなたに送り出されてしまったことだけである。

うらうらとした春の陽ざしの中に、またも空港からの車の窓外に見た風花のような白いものが舞っている。それらはかすかな風に舞い上がるでもなく落ちるでもなく空中に漂う。地面に落ちた綿毛のようなものは、ころころと転がりながら

毬《まり》のようになって道路の端に吹きよせられてゆく。伍夫人が、

「楊柳の綿種子よ。中国語では柳絮《リユウジヨ》、英語ではウイロウボール。ヘデコたちはいい季節に来てラッキーだった。北京の春でも柳絮が舞う日は一週間とないのだから」

という。なるほどこれは綿種子だったのか。子供のころ、タンポポの綿種子は見たことがあるけれど、マリンスノーのように白く降りそそぐ楊柳の綿種子を見たのははじめてである。松山と私は、ころころと転がりながら雪ダルマのようにふくらんでゆく柳絮を追いかけて走り、その固まりをすくい上げた。柳絮の玉はほっかりとあたたかく、柔らかく、春風の中でフワフワとほぐれて掌からすり抜け、八方へ飛び散っていった。

「センソ、ヘデコ、クラブを見にゆこう、あのビルだから」

と伍さんが指をさした。そこに三階建てのビルが見える。私たち八人はゾロゾロと歩き出した。

「クラブとはなんぞや？」

と近よって見れば、なーるほどビルの正面に「倶楽部」と書いてある。それもヒョロヒョロとしたネオンサインだ。このビルの支配人らしき男性が、まず案内したのはステージのある広いホールだった。ミュージックボックス、マイクロフォン、スピーカー、中央に踊り場、ゆったりとしたティーテーブルと、止まり木のあるバー。「倶楽部」というのはどうやら「釣魚台国賓館」に宿泊する人の娯楽場という意味らしい。が、どこもかしこも新品のピカピカで、人が座った跡形もない。回廊に沿って歩く。人影はなく、天井に響くのは私たち八人の足音だけで、まるで新品だらけのゴーストタウンをゆくようである。眼の前に、今度はプールが現れた。ガラス張りの天井、三十メートルの温水プール、受付、脱衣室、シャワールーム、と完璧な設備である。そのお隣がサウナバス。そのお隣に種々の器具の揃った広々としたジム。そして撞球室とボウリング場……。はじめのうちは「へええ」とか「ふうん」とかとお愛想笑いをしていた私たちは、少しずつ不機嫌になっていって、ついには黙りこんでしまった。誰かが「もう分かったよ」というような大きな溜息をついた。

撞球場の隣にある美容室に入ってみる。ズラリと最新式ピンクの洗髪台が並び、日本の「タカラ椅子」の行列である。シャンプー、リンスなどの瓶はまだ口もあけられていない。不意に一人の若い女性が現れた。白い上っ張りを着たその女性《ひと》は、多分美容師だったのだろうが、誰も居ないと思いこんでいた私は仰天して飛び上がった。朝から「葬儀」のテレビなど見たので、どうやら神経がおかしくなっているらしい。

「釣魚台国賓館」は、目の玉の飛び出るようなお金さえ出せば、観光客もうけ入れる、とのことである。が、かりに大勢の観光客が押しよせたとして、これらの設備をフルに回転させてお客をさばき切るだけの用意が、中国側にあるのだろうか……？　いやそんな心配まで私がすることはない。それこそ余計なお世話だろう。

突然の女性の出現にビックリした私が、もっとビックリしたのは、美容室の隣の「娯楽室」に入ったときだった。ふたつ並んだ立派な碁盤の隣に据えられていたのは、日本製の電動式「麻雀台」だった。台についたスイッチを押すと、牌《パイ》がガラガラと台の中へ落ち、再び整然と並んだ牌が四方にせり上がってくるという、日本人ご愛用の麻雀台だが、どこの誰がここで麻雀を楽しむのだろう？　シャンデリアの下がったホールでカラオケを楽しみ、この部屋で徹夜麻雀に興じる金持ち日本人観光客の姿が彷彿として、私もなんとなくタメ息をついた。

わが夫・ドッコイ「センソ」は水泳が好きだから、旅行先へはいつでもスイミングパンツを持参する。倶楽部の支配人に、「プール使用」の許可をとってきたらしく、パンツを持って「ちょっと泳いでくら」と、出ていった。と思ったら、三十分もしないうちに戻ってきた。

「プールの脱衣室にロッカーがあったんだ。洋服を入れて、鍵をかけた、はいいけれど鍵をあずける人間がいない。しようがないから鍵のヒモを手首に巻きつけてシャワーを浴びようと思ったら水が出ないし、タオルもない。しかたがないからプールの水をペチャペチャと身体にかけてから泳いだけどサ。たった一人の水泳なんて、贅沢っていえば贅沢かもしれないけど、泳いでいるうちになんだか気味悪くなっちゃって逃げてきた」

どうやら、「倶楽部」という建物は、いまのところ単なる観賞用のためであるらしい。

今日の昼食は、釣魚台から車で二十分ほど、中南海の裏にある北海公園の「仿《ファン》膳《シ》飯《アン》荘」である。「仿」は模倣、「膳」は宮廷の膳所という意味のことで、「宮廷料理もどき」とでもいおうか、北京を訪れる観光客なら一度は足を運ぶ有名レストランである。私も、はじめての中国旅行のときに来たことがあるけれど、当時とくらべると今日の北海公園はすっかりサマ変わりをしていて、園内には菓子や軽食の売店が並び、北海には白鳥をかたどったたくさんの小舟が浮かんで、家族連れで賑わっていた。

宮廷料理の特徴は前菜の品数が多いことで、今回も七品の冷菜が運ばれた。ときには十品以上の前菜の小皿が並ぶことがあるけれど、ピーナッツ一個でも一品、キュウリひときれでも一品なのだからたいした量ではない。正式な宴会ではスープも二度出るが、これも小さな容器に、口に入ってしまいそうに小さなちりれんげがそえられていて、いかにも宮廷料理の名残を感じさせる。

紫禁城（現在の故宮博物院）での、歴代皇帝の食卓には、常時五十品から八十品の料理が並んだというが、多分、小皿に乗るほどの少量だったにちがいない。調理場から、毒見役の許可を得て、何十皿という品数を並べるためには、必然的に冷菜（冷たい料理）が多くなる。温かい料理といえば羹とスープくらいだったかもしれない、と私は思う。日本料理でも、冷めても美味しい料理のほうが熱い料理を作るよりむずかしいし、手間もかかる、と板前さんから聞いたことがあるけれど、北京料理の前菜も、素材を生かした素直な料理が多いから、味つけにもいっそう工夫が要るのだろう。

紫禁城の中には約四百人のコックが働いていた、という。そのうち、皇帝の膳部を賄うコックは四十人ほどだったとか、話半分にしてもおそろしいような贅沢さである。「仿膳飯荘」の金ピカの部屋で、好物の鴨掌（アヒルの水かき）をしゃぶりながら、清王朝の西太后は鴨の掌ならぬ鴨の舌が好物で、鴨の舌ばかりを集めさせてしゃぶっていた、という話を思い出した。鴨には舌がひとつ（一本というべきか？）しかないから、こんな贅沢な料理はないだろう。皿に盛り上げられた鴨の舌を、一本、また一本としゃぶっている西太后を想像すると、なんとなく化けものじみていて気味が悪いが、内心ちょっと羨ましい気がしないでもない。

今回の「仿膳飯荘」のメニューは「観光客用デモンストレーション」が多い上に、何組ものテーブルをさばき切れないためか、サーヴィスもギクシャクと乱暴で、ゆっくりと食事を楽しむ、という雰囲気ではなかった。

「料理」の第一条件は、作り手のヤル気、つまり活気だけれど、活気と乱暴とはまるで違う。活気は食欲を昂揚させてくれるが、乱暴は食欲まで減退させてしまう。クレイボーン氏の眼にも輝きはなかったようである。

天安門広場のはす向かいに、「人民大会堂」という大理石造りの立派なビルがある。

中国の要人の大会議や、要人と外国の賓客との公式会見、宴会の接待などに使われる国営の建物で、私も当時の要人だった廖承志さん主催の歓迎晩餐会に招待されてご馳走になったことがある。

今夕は、趙丹ならぬクレイグ・クレイボーン氏にエスコートされて、大会堂への階段を上る。広大な宴会場には真紅のじゅうたんが敷きつめられ、会場の四方の壁は、中国の少数民族の生活が描かれた壁画で埋められている。この建物の中で、最もカラフルな宴会場だろう。主催は伍さん、四十人ほどのゲストは伍さんの友人、知己、そして今回の旅行でお世話になった、中国民航、銀行関係の人たちらしい。

中国の大宴会の習慣では、男性は男性、女性は女性とテーブルが分かれる。男性のテーブルはワイン、紹興酒、茅台酒《マオタイ》、ウイスキー、と、酒が入るにつれて話題もはずみ、盛り上がってゆくが、女性のテーブルは酒を控えるのでひたすら食べることのみに専心するほかはない。選びぬかれた十品コースの中の逸品は「あまりの美味しさに佛もビックリして垣根も飛び越える（佛跳牆）」というスープだった。

食後、テーブルを離れると同時に壁画のある一方の仕切りがスルスルと開けられ、ドッシリとしたカーテンが現れた。カーテンの向こうには窓があるに決まっている。私は何の気なしにカーテンを引いて天安門広場を見下ろした。街灯の光量が少ないのではっきりとは見えないけれど、人民英雄記念碑に強いライトが当てられて、そこだけが浮き上がって見え、台座によじ登った何人かの人影がうごめいている。演説でもしているのだろうか……薄暮の中に、記念碑をめがけて、四方八方から黒蟻のように人々が集まってくる。速度が異様に速い。が、眼が馴れるにつれて、「あ、自転車に乗っているからだ」と分かった。

四十万平方メートルもあるという天安門広場は、続々と集まるおびただしい自転車の影で、たちまち黒々としてきた。記念碑には胡耀邦の大きな胸像写真が飾られている。

食後酒に頬を染めた私たちの和やかで温かい雰囲気とは全く別の空気が窓の外には流れているようだった。

窓外を見下ろす人々は、口には出さないが、誰もが、「そこで何かが起こっている」と感じた様子である。私の胸には、「釣魚台国賓館」の豪華な庭園や娯楽場を見たあとの、なんとも表現できない、ザラついた感覚が再びつきあげてきた。

誰かが、会場のライトを半分ほど消し、人々の足は自然に出口に流れて、おひらきになった。

四月二十三日。

国賓館の中の美術館である第十二楼を見学後、昼食をとる。

点心の最初に、「炸饊子」という揚げものが出た。細い麵を五、六本まとめた束を三センチほどの長さに切って唐揚げにした軽い料理で、周恩来の好物だった、という。

食後、サンルーム風の広いサロンで、昼食の調理をしてくれたコックさんたちにクレイボーン氏がインタビューをする。真っ白いユニホーム姿、料理ひとすじに生きてきた彼らの表情はカラリと明るく、誇りと自信に溢れていて、見ていても気持ちがよかった。クレイボーン氏は、小さなノートにメモをとる。「後継者の教育については？」という質問、コックさんたちは、一瞬顔を見合わせ、われ先にと身を乗り出した。

「私たちは子供のころから調理場で働いて、身体で料理を覚えてきました。でも、いまの若者たちは始末が悪い。ちょっと叱ればすぐにやめてしまう。精神がなっていない。そんなことではダメなのだ」

この言葉はそっくり現在の日本国にも当てはまりそうだ。いずこも同じ秋の夕暮れ、である。

四月二十四日。

昼食後、再び荒れ馬ベンツにうち乗って、ヒヤヒヤしながら北京空港へと向かう。もう雪のような柳絮は飛んでいなかった。ＶＩＰルームに落ちついたところに、われわれの搭乗機は「管制塔の指示を待つ」というアナウンスがあった。機は三時間おくれてようやく離陸した。成田着は午後十時を過ぎていた。

帰国後テレビのニュースは連日、天安門広場の無惨な光景を映し出す。「釣魚台国賓館という奇妙な箱の中で過ごした、あの三日間は、いったいなんだったのだろう？　もしかしたら、春の北京で見た白日夢だったのかもしれない」と、私は思い、これを書いた。

文庫版のためのあとがき

ちりも積もればなんとやら、というが、オール讀物に連載していた雑文がいつの間にか溜って三冊の単行本になった。「にんげん蚤の市」「にんげんのおへそ」「にんげん住所録」がそれである。

性格およそぶっきら棒、人づきあいは大の苦手で「お前さんは変人です」と夫にも言われる私なのに、筆を持てばやはり「人間に関することしか書けない」とは、と、自分でもこっけいになる。

今回文庫本になる「おいしい人間」は、いまから十年以上も前に書いた雑文集で、「わが身に替って大火傷を負った鳶職《とび》スタイルの正やん」に生涯「礼」を盡くした名優大河内伝次郎さん、旅行さきにまで家族の小さな「位牌」を連れあるくデザイナーの水野正夫さんなど、「おいしい人間」がキラキラと輝いている。

昨今のように、首をめぐらせば「おいしい」どころか「アヤシの人間」ばかりが目に入るのは「時代がちがう」と言ってしまえばそれまでだが、なんとなく背すじがウソ寒いおもいがするのは私だけだろうか。

そんなことはともかくとして、「おいしい人間」が、このたびもまた私が尊敬する安野光雅画伯にいいおべべを着せていただいて出版されるのは、まことにありがたく、しあわせである。

平成十六年五月

高峰秀子

おいしい〝ねじりん棒〟
～生誕100年を迎えた母・高峰秀子に捧ぐ

斎藤明美

初めての拙著『高峰秀子の捨てられない荷物』に高峰が寄稿してくれた「ひとこと」の中で、彼女は「ねじりん棒」という駄菓子に触れて、自分は幼い頃から間食の習慣がなかったのにこの駄菓子にだけは親近感を覚えると書き、〈それはなぜか？　私が人間のねじりん棒だったからかも知れない〉と分析している。

そのあとに、養母によって函館から東京へ連れてこられた五歳の頃のエピソードが続く。即ち、養母に「アンタは私の子供なんだから、私をカアサンと呼びなさい。ホラ、カアサンと言ってごらん」と毎日攻め立てられ、ついにある日、半ベソをかきながら秀子は初めて養母を「カアサン」と呼んだ、と。

そして次に重要な自己分析を。

〈私の中で実母と養母ごちゃごちゃになった時点から、私の根性は時計の秒針が動くようにゆっくりとねじれはじめたにちがいない。おまけに、それまでどこかで眠っていた「人間不信」という小さな種が芽をふき出して、私の成長につれて枝葉を広げ、やがて「人間嫌い」という大木になっていった〉

人間嫌い――。

私が初めて高峰について書いたのは、今から30年以上前、単行本として刊行された本書『おいしい人間』を勝手に週刊文春で紹介した時だった。まだ高峰と手紙のやりとりしかしていなかった頃である。

帰宅する電車の中で冒頭の随筆「私の丹下左膳」読んでいたら、涙が落ちた。剣劇スターの大河内伝次郎に忠実に仕えた「正やん」の話だった。著者・高峰秀子の人間の捉え方、その感性に、私はしびれた。

そんなものが書ける人が「人間嫌い」だろうか？　志賀直哉作『小僧の神様』

と重ねてあんな高峰流「小僧の神様」が書ける人が「人間嫌い」なわけがない。

『わたしの渡世日記』『台所のオーケストラ』『コットンが好き』……『高峰秀子の捨てられない荷物』もすべて高峰がタイトルを命名した。

そして『おいしい人間』も。

「おいしい人間」を書いている著者こそが、一番の「おいしい人間」なのではないかと、私は思う。

本書を生き返らせてくれた扶桑社に感謝申し上げます。

２０２４年11月終り

松山善三・高峰秀子養女／文筆家

単行本　一九九二年五月　潮出版社刊

おいしい人間《にんげん》

発行日　2024年12月12日　初版第1刷発行

著　　者　高峰秀子《たかみねひでこ》

発 行 者　秋尾弘史
発 行 所　株式会社 扶桑社
〒105-8070　東京都港区海岸1-2-20　汐留ビルディング
電話　(03)5843-8583(編集)
(03)5843-8143(メールセンター)
www.fusosha.co.jp

印刷・製本　中央精版印刷株式会社

Printed in Japan　ISBN 978-4-594-09962-6